京都あやかし消防士と災いの巫女

天花寺さやか

講談社
タイガ

JN259072

イラスト――セカイメグル
デザイン――小柳萌加（next door design）

目次

登場人物紹介

イラスト
セカイメグル

瀧《たき》本《もと》雪《ゆき》也《や》

京都市消防局霊力消火隊所属。
あやかしの起こす
火霊火災に立ち向かう。
通称「あやかし消防士」。

ごま

護摩太郎。
水晶から生まれた雪也の式神。

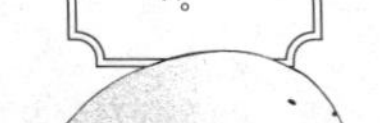

鳳《おおとり》　美凪《みな》

風戸神社の祭神・烈風の許嫁。
強い霊力を持つ風の巫女。
望まぬ結婚の日が近づいている。

花鳥《かとり》

美凪の式神。
ちいさな鳳凰の姿をしている。

京都あやかし消防士と災いの巫女

序章

京都の小さな神社・風戸《かざと》神社の祭神で、私の許嫁《いいなずけ》だという神様は、実は災いの神だった。


私は、生まれながらに強い霊力を持っていた。

幼《おさな》い頃は、大阪で母子家庭で暮らし、母親に疎《うと》まれて育った。

人ならざるものが見え、調理の火を、手を合わせるだけの祈りで捩《ね》じらせて消したらしい。

それを目撃されてからは、母から一層疎まれるようになり、気味が悪いと言われ続けた。

保育園に入る年齢となったある日、「鳳《おおとり》」と名乗る父親が突然、私を迎えに来て、江戸時代から続くという名家・鳳家に引き取られた。

風戸神社に預けられ、そこを管理していた、霊力持ちの養父母に育てられることになった。

養父母と私は、血は繋《つな》がっていない。どちらかというと、「おじい様」「おばあ様」と呼ぶほど、歳《とし》は離れていたけれど……。

二人はとても穏《おだ》やかで、優しくて。私を本当の孫娘のように育ててくれた。

だから大人になったら神様に嫁《とつ》ぐと聞かされた時、とても驚いたけれど……。

「美凪《みな》ちゃんは特別な力を持ってるから、美凪ちゃんが皆のために、立派な『風《かぜ》の巫女《みこ》』になってほしいと思って、鳳家が引き取ってここに預けはったのよ」

「風戸神社の祭神・烈風《れっぷう》様は、かの京都の歴史的な大火災・天明《てんめい》の大火《たいか》で、鳳家の祈りに応《こた》えて火を止めた善良な神なんやで」

信じていた養父母の薦めだったので、私は何の疑いも持たず、婚約を受け入れた。

でも、養父母は、鳳家から雇われていた神社の管理者に過ぎなかったので、風戸神社の祭神の真相を知らなかった。

＊

時が経《た》ち、養母が亡くなった十六歳の時。

私は養父と共に、風戸神社の、神域である本殿の内部に招かれた。

祭神・烈風との、初めての顔合わせだった。

本殿の前に立った私と養父の周りで空気が渦巻き、どこかに攫《さら》われるような激しい突風が起きた。

目を開けると、刹那《せつな》に自分達の足元が浮いている。直後に再び強く風が吹き、視界が真っ暗になった。

倒れていたらしい私達が体を起こすと、そこは、板張りの広い部屋。

襖《ふすま》は全《すべ》て閉められている。にもかかわらず、部屋の中は異様に明るい。涼しい風が、常にどこからか吹いていた。

「ここは……。……っ……！」

部屋には既に、祭神・烈風様や眷属達が揃《そろ》っていた。

部屋の端《はし》で控《ひか》えて、私達を観察するように眺《なが》める眷属達。蝶《ちょう》だったり、山犬だったり、鳥だったり、着物姿の美しい女性や、風戸神社の神紋が入った羽織袴《はおりはかま》を着た端正な顔立ちの若い男性と、眷属の姿は様々だった。

そして、それらの向こう。

部屋の最奥に存在していたのが。

「烈風様……？」

私は、衝撃を受けて思わず口にした。

姿そのものは見えずに、ご神体の鏡だけが浮いていた。

浮いている鏡が本体なのか、あるいは、浮かせている風が本体なのか。それすらも分からない。

あまりにも、無機質で不気味で。

「あの……。お顔……は……」

「…………」

「お顔はないのですか……？」

真っ青になった私が尋《たず》ねてようやく、烈風様は鏡を傾けて男性の眷属に、

「おい。衣を寄越せ」

と命じて、私達に低い第一声を聞かせた。

男性の眷属によって、綺麗《きれい》に畳まれた羽織袴が浮いている鏡の真下に置かれる。

つむじ風が吹いて羽織袴が解かれて、宙を舞った。

私は、それで烈風様が、ちゃんとした人の姿になるのかと思っていたが、違っていた。くるくると風に遊ばれた羽織袴は、袖《そで》や裾《すそ》が俄《にわ》かに膨《ふく》らみ、まるで透明人間が着たような、あるいはハンガーにかけたような立ち姿となる。

襟元の上には、ご神体の鏡がずっと浮いている。

やがてその下辺から、ぎゅるんと人間の下半身が蔦《つた》のように生《は》えて、ばきばきという激しい音を響かせて羽織袴の中を通った。

「ヒッ⁉」

私と養父は悲鳴を上げ、恐怖のあまり全身が硬直した。

生えた体と手足が、衣服を纏《まと》う。烈風様は今、首から下が、完全な人間の姿となって、羽織袴を着て綺麗に正座していた。

それなのに、頭だけは変えない事に神としての矜持《きょうじ》があるのか、鏡のまま。

鏡面にはぼんやりと、作り物のような男性の顔が映っていた。

「…………」

それきり、烈風様はまた何も言わなくなる。人間の頼みだからこんなものでいいだろうという、見下した態度が漂っていた。

頭以外は人の姿をしていても、どこをどう見ても私には、人間どころか生き物にすら見えない。

「私は……この神様と……結婚するんですか……？」

何かの間違いであってくれと願いながら養父に訊《き》くと、視線を泳がせた養父の代わりに女性の眷属が即座に、

「はい」

と、はっきり答えた。

（この人……⁉　いや、人じゃない。『これ』……？　これとうちは結婚するの……⁉）

その後、奮い立った養父が切り回して何とか顔合わせは進められたものの、烈風は言葉少なく、会話は出来るが人間にはまるで興味がないらしい。

そのくせ、私を花嫁とする意志だけは固い。

嫁いだ後、私を人間の世界に一瞬たりとも帰す気はないと言う。

伴侶《はんりょ》が欲しい、帰したくないという人間臭い理由ではなく、単に花嫁はそういう名前の神への捧《ささ》げ物で、返すとは何ぞ？　という、神の世界ならではの感覚らしかった。

その後、私は涙を流して、烈風様とは結婚出来ませんとひたすら謝ったが、案の定烈風と眷属は怒り出した。

罰を与えると言われて私と養父は本殿から追い出され、その日から私達は毎晩、眠ると

悪夢に苦しめられた。

天明の大火の、凄惨《せいさん》な光景。

夢の中で自分は、鳳家の初代・村屋政二郎《むらやせいじろう》の娘になっていた。

町中が燃え、逃げ場を失《な》くし、炎と煙に巻《ま》かれて倒れる人達。

それでも無慈悲に風は吹き荒れ、延焼し、京都を焼き続ける大火災。

私も人々に交じって必死に逃げたが、焼《や》け焦《こ》げる臭《にお》いと絶望は増すばかりだった。

幻想ではなく、烈風が見せた、江戸時代の実際の光景だった。

何度眠り直しても、私は同じ夢を見た。

それが、烈風との婚姻を拒《こば》んだ、花嫁への罰だった。

「……っ……！　うぅ……っ！　……熱い、誰か助けて……！　嫌っ……！　嫌ぁあぁーっ！」

そうやって絶叫して、何度、自分の声で飛び起きたか分からない。

助けを求めるように本殿を叩《たた》いて止《や》めてくれと懇願《こんがん》すると、後日、男性の眷属が現れた。たとえどんな手立てをしても、罰の悪夢は、死ぬか結婚するかのどちらかまで続くと言われた。

そんな烈風の態度を見た私は、全てを察した。

（風戸神社の祭神……烈風は……天明の大火で火を止めてくれた神様じゃない……。風で延焼を起こして、鳳家の娘を無理矢理娶《めと》る災いの神なんや……！）

露《あらわ》になった烈風の正体を知って、私は、完全に心が崩壊した。

やがて、連帯責任で同じ夢を見させられていた養父が、寝不足や心労によって、あっけなく倒れて死んでしまった。

骸《むくろ》となった養父を前にして、私は、たった一人の家族まで取り上げられた事に絶望した。

（向こうは、本気なんや……）

私は抵抗する手立てを全て失い、次第に精神が蝕《むしば》まれる。

最後には結局心が折れて、泣きながら伏して、結婚すると本殿に伝えた。

その後、悪夢はやんだものの、私を待っていたのは風戸神社の「風の巫女」、そして「災いの神の花嫁」として孤独に生きる日々と、あやかし達による虐げだった。

風戸神社の「風の巫女」という二つ名は、古いあやかし達の間では、延焼を起こした烈風に仕える「災いの巫女」とも呼ばれていたらしい。

だから、江戸時代から長生きしている妖怪《ようかい》や、彼らから烈風の事を聞いた若いあやかし達は、悉《ことごと》く私を嫌い、嘲笑《あざわら》い、格好の標的として陰湿ないじめを行った。

先代以前の風の巫女、烈風に嫁いだ花嫁達も、そういう運命だったらしい。

（母親には疎まれて、望まぬ結婚を強《し》いられて、寄り添う家族も奪われて……）

自分という命は、一体、何のために存在しているのだろうか。
災いに潰《つぶ》されるだけの、使い捨てにされるだけの存在なのだろうか。
それでも、鳳家と烈風との誓約は、強固で解けない。
私はこの歪《いびつ》な結婚を、受け入れるしかなかった。

＊

——時が経ち、少しずつ大人になっている今。

災いの神に嫁ぐ日は、刻一刻と迫っている。
(こんな自分の運命をどうにかしたい。でも……。でも……)
神罰は、一たび私の翻意を感じ取れば、無慈悲に襲ってくる。
養父の例を考えると、外部に無暗《むやみ》に助けを求める事は出来ない。
胸が詰まるぐらいに、結婚から逃げたいのに。どうすればいいか分からなくて。
すっかり自分の無力さを感じた私は、毎日心の中が真っ暗だった。

そんな日々を過ごしていた、ある日。

買い物に出かけると、一台の消防車が赤色灯を回して停《と》まっているのが見えた。

現場を遠くから眺めると、京都市消防局の消防士達が、消火活動に励《はげ》んでいた。

ただの消防士達じゃない。

私と同じように霊力持ちで、異能によって火災を消す、特殊な消防士達。

抜群のチームワークで手際よく、一人一人が勇敢に、災いに立ち向かう姿を見た私は、泣きたくなるような、切ない気持ちがこみ上げた。

(格好いい……)

自分の無力さに胸が痛むと同時に、あんな人達みたいになりたいと思う。

ふと、町内の掲示板に目を向けると、消防団員募集のポスターが貼《は》ってある。

(……うちも、消防団に入るぐらいやったら……)

今しがた憧れた人達の姿に、少しは、近づけるだろうか。

(それに、あんな風に頼れる消防士さんなら……)

災いの神に囚《とら》われている私を、見つけ出してくれるだろうか。

そして。
その力強い手で。
私を、助けてくれるだろうか。

第一話　新人消防士と風の巫女

千年の都・京都で、サイレンを鳴らす朱《あか》い消防車が二台。京都の大通りの、烏丸《からすま》通や今出川《いまでがわ》通を疾走する。

消防車に乗っているのは、炎から頭部を守る「しころ」を垂らした防火ヘルメットに、銀地に朱色の線が入った防火服を着た、今年二年目の消防士・瀧本雪也《たきもとゆきや》だけではない。

しころを垂らした特殊な立烏帽子《たてえぼし》や市女笠《いちめがさ》を被《かぶ》って、銀地に朱色の線を入れた特殊な狩《かり》衣《ぎぬ》や十二単《じゅうにひとえ》、同じく、銀地に朱色の線が入った羽織袴など、各々の能力に合わせた「消火装束」をまとった、霊力を持つ特殊な消防官達が乗っていた。

現場に着いた雪也達が消防車から降りて、半透明の霊体になって顔を上げると、京都特有の、木造二階建ての町家が並ぶ町内の一軒から煙と炎が上がっていた。

駆け付けた雪也達の目の前で起こっている火災は、普通の人には見えない。

真っ赤な炎のたてがみを逆立《さかだ》てて、取り憑《つ》いた家屋の中から上半身を出して、屋根の上から周囲を睨《にら》む炎の狛獅子《こまじし》がいた。

これは、火で出来た獣「火霊《かりょう》」というもので、人間のような意思はない。

しかし一度出現すれば、全身から熱波と煙を放って消されまいという強い本能を持っていた。

常に全身の炎を盛り上げ、揺らめかせ、口から唸《うな》る度に火を噴《ふ》く。高熱の牙《きば》を剝《む》き出《だ》しにして周りを威嚇する様は、もし一般人が見れば腰を抜かすような恐ろしさだった。

その火霊から発して周辺に立ち込める煙は、多量に吸ってしまえば精神が擦り切れておかしくなるような「瘴気《しょうき》」。

生臭くて、どすんと胸が痛くなるような刺激臭だった。

「――江戸時代から、火災の事は、『赤猫《あかねこ》』と呼んだりするけども」

雪也の横で冷静に、武官束帯型の防火装束をまとった前田《まえだ》隊長が、状況を見極めつつ呟《つぶや》く。

「赤猫からすっかり大きくなって、『赤獅子《あかじし》』になってもうてるやないか。延焼がまだなのが幸いや。早《は》よ鎮圧せないかんな」

「はい」

雪也は上司の言葉に頷《うなず》き、自分の霊力を高めるために、深呼吸した。

現場の情報収集は、先輩隊員が先に飛ばした式神の烏《からす》によって完了している。今、火霊が取り憑いているこの家の住人は、仕事で留守だという。

この特殊な火災が、時間が経って、本当の火災へと繋がってしまう前に。

火霊を鎮圧して消火するのが、雪也達の仕事だった。

前田隊長が、雪也ら隊員達の顔を見る。

「よし、行こう。――逃げ遅れなし！　町内の避難完了！　これより、消火活動を開始する！」

「御意！」

雪也達は伝統の独特の返事をして、空気呼吸器のように瘴気を防いでくれる口の部分だけの朱色の狐面《きつねめん》を装着する。

「面体装着、よし！」

声を出してから、各自の持ち場へ走り出した。

火霊が取り憑いて燃え盛る家の前で、狩衣と十二単の先輩隊員が二人、手早く何本もの御幣を立てる。

早口で呪文《じゅもん》を唱えて、水で出来た鯉《こい》を次々と生み出して、

「祭壇、よし！」

と、声に出して各隊員に知らせた。

水の鯉が無数に空中を泳ぐ中、大柄《おおがら》な先輩隊員二人が頭の兜《かぶと》や羽織袴も勇ましく、水に

包まれた打刀を抜いて火霊へ斬《き》り込《こ》む準備をし、

「抜刀よし！」

と声を上げる。

雪也と同じ防火服を着た先輩は、火難除《よ》けの護符が装塡《そうてん》されたインパルス銃を豪快に構えて、

「火難除け、よぉーしッ！」

と叫ぶ横を、雪也は丸めた長い綱を持って走る。

角を曲がって、町内の地蔵尊が祀《まつ》られている祠《ほこら》の横に、自分の金属板の呪符《じゅふ》を貼った。

「お地蔵様、失礼します！　水源をお借りします！」

「はいどうぞ！　おきばりやす！」

普通の人には石像にしか見えない地蔵尊も、霊力持ちなら会話が出来る。

地蔵尊は石の体を傾けて快諾して、手を振って送り出してくれた。

祠に貼った呪符は、注連縄《しめなわ》のような真っ白な綱と繫がっている。そして最終的に、雪也が持つ綱の先端に結わえられた、大きな水晶の勾玉《まがたま》に繫がっている。

「ごま。いけるか」

雪也の呼びかけに、水晶の勾玉が「うみゅん！」と鳴き声を上げて、空中で水のようにうねって一体の式神となった。

透明でも白っぽいアザラシのような、普段はごまと呼ぶ「護摩太郎《ごまたろう》」という特別な式神が、雪也の相棒。

「頼むぞ」

「うみゅん！」

ごまと綱をホースのように脇《わき》に抱《かか》えて、雪也は急いで現場に戻った。

消火栓などではなく、町内に祀られている地蔵尊や神社仏閣、個人宅の仏壇や神棚から加護を受けて水源にして、式神を通じて勢いよく霊体の水を放出するのが、雪也の能力である。

「放水準備、よし！」

一際高く、雪也の声が現場に響く。

全ての隊員の準備を確認してから、前田隊長が腰の太刀を抜いた。

片手に太刀、片手で雪玉あるいは氷塊をイメージした印を結んで小さく呪文を唱えると、前田隊長の太刀の刀身から、水滴が生み出されて滴《したた》り出す。

それが次々溢《あふ》れ出《だ》し、ぱきん、ぱきんと凍《こお》り出した。

太刀が完全に氷の刀剣と化すと、前田隊長は太刀を横にすっと構え、

「消火弾よし！　——鎮圧開始！」

と叫ぶと同時に、振られた太刀の切っ先から巨大な氷塊が飛んでいった。

消火弾となった氷塊が赤獅子の顔に見事命中して、大きな蒸発音と白煙を上げた。

それを合図に雪也達の「一斉放水」が始まり、全てがほぼ同時に行われた。

「急急如律令《きゅうきゅうにょりつりょう》!」

先輩隊員二人がぱんと一拍手すると、宙を泳いでいた水の鯉達が四方八方から赤獅子に突撃する。暴《あば》れる赤獅子の炎のたてがみを消火しつつ、目くらましの役を果たした。

赤獅子が咆哮《ほうこう》を上げて首を振る度に、ぶわっと火の粉が多量に舞ったが、何匹かの鯉が素早く火の粉を食べ尽くして延焼による二次被害を防ぐ。

「突入開始!」

その隙《すき》に、打刀を持った先輩隊員達が、周りに分かるよう叫んで燃えている屋内に突入する。

業火の中で、水の刀で赤獅子の脚や柱に燃え移った火を斬り伏せると、斬られた柱の炎が一瞬で音を出して消滅した。

足首を斬られた赤獅子も、燃え落ちるかのようにどたんと崩れて膝《ひざ》をつく。熱風を上げつつ、炎の勢いが一瞬縮んだ。

さらに連携は繋がって、十二単の先輩隊員が別の呪文を唱えて巨大な水の蜘蛛《くも》を出すと、蜘蛛が飛沫《しぶき》を出しながら、素早く隣家の外壁を這《は》い上って屋根の上に立つ。

蜘蛛の巣状の、粘度のある水を絶えず吐《は》き出《だ》して、赤獅子の上に被せて炎全体の動きを止めた。

時折、水をかけられた赤獅子が暴れて立ち上がり、炎の脚が周辺の家を掠《かす》めたが、鎮圧の開始と同時に、町内の家々を走り回った先輩隊員のインパルス銃から発射された火難除けの護符が、全ての家の外壁に貼られている。

京都では、ほとんどの家に「火廼要慎《ひのようじん》」という愛宕《あたご》神社の火伏の護符が貼られているので、内側からもその加護が効いている。

外側から、内側からの護符の力で家々は守られ、延焼の心配は完全に取り除かれていた。

そして、最後に残った雪也は、ごまを横に抱えて火を斬り伏せた先輩隊員達と入れ替わるように、燃えている家屋に突入する。

先輩隊員が火を斬り伏せて入りやすくなった町家の奥に、真っ直《ま す》ぐ向かう。

霊的な装備があるとはいえ、少しでも気を抜いて足を止めれば火霊の熱に焼かれるだけでなく、瘴気を吸って倒れる危険もある。

その中で雪也は一階の奥座敷《ざしき》の、強烈な熱気を放つ火元、つまり火霊の根源に可能な限り近づいた。

「火元確認！　放水開始ーっ！」

雪也が叫んだ瞬間。

水源にした地蔵尊の祠から、呪符がその加護を吸い上げて注連縄の中を伝ってゆく。注連縄を通って、暴れるように膨らんだ加護がごまに伝わって、ごまの体が大きく変化した。

「いけっ、ごま！」

雪也の合図とともに、ごまが大きな鳴き声を上げて透明な龍となる。

「いけぇーッ！」

豪快に、加護によって作られた多量の霊体の水流が、龍の口から一直線に飛び出した。ごまが放って、雪也が制御して支える水圧が、火霊火災の根源に命中する。

水飛沫と消火による白煙、まだ残っている瘴気や炎が入り混じる中、周辺の炎を斬り続ける先輩の声に、雪也はごまの胴体を抱えながら大声で応えた。

「いけるか⁉　大丈夫か⁉」

「大丈夫です！　約二十秒で消せます！」

赤獅子の、暴れる脚の熱が火の粉と共にこちらまで押し寄せる。放水の反動もすさまじくて何度か倒れそうになるものの、消防官としての日頃の訓練が物を言う。

上からは、水の鯉達の突進や、絶えず上から落とされる蜘蛛の水で炎上や火の粉が阻《はば》まれて、下では、水の刀剣による斬撃《ざんげき》によって少しずつ火勢が削《そ》がれていく。

何より火霊の根源を、雪也の放水が圧倒している。燃える、燃やすだけの本能しかない赤獅子の顔面には、前田隊長が太刀から氷塊を放って災害の主導権を握らせまいとしつつ、全体の火災状況を把握して指揮を執り続けた。

やがて、赤獅子は完全に消滅して煙すら出なくなり、火霊火災の鎮圧が完了する。

火霊に乗っ取られていた町家は、すっかり元通りである。雪也達の消火活動によって祓《はら》われた今、瘴気の汚れ一つなく綺麗だった。

（………）

町家から出て、何も失われていない家を見上げて、雪也や前田隊長、他《ほか》の隊員達は、達成感いっぱいに息をつく。

ここは京都の中でも特に昔ながらの町内なので、「火霊」について知る人も多い。

火霊が見える町内の人達は皆、雪也達が駆け付けるまでに周囲へ火災を知らせたり、霊力のない人には、有毒ガスが出ていると言って避難させていた。

町内に設置されている消火器に自分の数珠《じゅず》を巻いて、初期消火に当たってくれた霊力持ちの人もいたらしい。

並行して、一一九番にかけて京都市消防局に通報した後は、自分達も火霊の瘴気に当てられないように、皆、素早く近くの公園に避難していた。

ゆえに、火霊を鎮圧して消火が完了しても、全員避難しているので雪也達が大衆の歓声を浴びる事はない。

それでも、静かになった現場で息をつく瞬間が、雪也は好きだった。

「――さ。撤収や」

「御意！」

前田隊長の指示を受けて、雪也達は伝統の返事をして片付けを始める。

水を吐き続けて龍の変化を解き、雪也の腕の中でくったり寝ているごまの額を、雪也は防火グローブ越しに軽く撫《な》でてやった。

「お疲れ、ごま。ありがとう。今日も頑張ったな」

水源を貸してくれた地蔵尊にお礼を言って、呪符を剝《は》がして、注連縄をくるくると丸めて皆のもとへ戻る。

防火ヘルメットと狐面を取って、素顔を晒《さら》して空を見上げる。

その時初めて、雪也は、極度の緊張感から解放され、ほっ……と微《かす》かに息を吐くのだった。

（…………）

高く通った鼻筋で、よく整っていると褒められる顔に、澄んだ空気がひやりと当たる。

（今日も無事に、火災を乗り越える事が出来てよかった）

猫のようだと言われた事のある、柔らかくて短い髪を、風が撫でて通り抜ける。

その瞬間。雪也の胸が、そっと誰かに抱かれた気がした。

――……き……。ゆき……。
幻聴のように、心の中で響く。
けれど何と言っているのか、はっきりとは分からない。
（……っ……）
途端に雪也の胸が、きゅっとこみ上げるように、切なく締め付けられた。
喪失感にも似た寂《さび》しさに襲われて、瞼《まぶた》の裏が熱くなった。
消火活動も完了して、逃げ遅れもいないはずなのに……。
大切な人を残して、何か大切な事を、やり残している気がしてならない。
思わず涙が出そうになったのを、懸命に堪《こら》えて深呼吸した。
「瀧本？　どうした」
先輩隊員の一人が、雪也の異変に気づいて尋ねてくれる。
雪也はすぐに、
「何でもありません。大丈夫です」
と、平静を装い、丸めた注連縄を消防車に積んだ。

（……今日もまたか……）

消防車の荷台のシャッターを閉めながら、雪也は悩ましげに、長い溜《た》め息《いき》をついた。

（何なんだろうなぁ、これ……。別に、今日の現場だって、実際に家が燃えた訳じゃないし、逃げ遅れや怪我人《けがにん》が出た訳でもないのに……）

雪也はこれについては当初、災害に直面する仕事ゆえに、深い安堵《あんど》が高じての切なさだと自己分析していた。

雪也が京都の消防官となったのも、初めて京都に来た時に抱いた、とある切ない感情に起因している。

だから、今しがたのような、泣きたいぐらいの解放感や切なさは、安堵の延長なのだと思っていた。

（でも、違う。それだけじゃない）

最近は、切なさの度合いが濃くなっており、胸に触れられる感覚すらある。

（まるで、誰かに呼ばれて、求められて。俺はそれに、必死に応えているような……）

どれだけ現場で火霊火災を鎮圧しても、何かをやり残しているような、切ない気持ちが一向に消えない。

自分の望み通りに京都に来て、消防士という仕事にも恵まれて、満足しているはずなのに……。

あれこれ悩んでいると、背後から誰かが、雪也の肩にぽんと手を乗せてくれる。

「あ……。前田隊長」

「お疲れさん。今日も素晴らしい放水やったで。さすがは、うちのエリート消防士やな」

一人でいると、つい考え込んでしまうが、上官から労《ねぎら》われると心の靄《もや》が晴れていく。

雪也は満たされた笑みで頷いた。

「ありがとうございます。俺の天職ですかね?」

確かめるように訊くと、前田隊長が、

「そら、そうやん。あんだけ活躍したんやから」

と、笑ってくれた。

切なさの正体は分からないが、とりあえず今は、褒められるだけで十分だった。

(俺だって、年数や経験を重ねて成長したら、こんな悩みはなくなるはず。今はとにかく、がむしゃらに頑張るしかないよな!)

憧れは、前田隊長や先輩隊員達である。

呪符に、注連縄に、水晶の勾玉から変化して水を吐く式神。

防火服を着て、自慢の「消火機材」を片付けた雪也は、気持ちを切り替えて再び自らを奮い立たせて、上官達と共に現場を後にした。

日常に漂う災害の気運が集まって偶然に凝縮し、あるいは、そこに住む物品・生き物の思念などが変化して悪い条件が揃ってしまい、「火のあやかし」となって現れた存在。

これを、怨霊《おんりょう》ならぬ「火霊」といって、本当の火災を引き起こす「前触れ」の化け物だった。

火霊に取り憑かれた家屋などは、見た目こそ燃えているが、あくまで前触れの化け物なので幻である。獣の姿で火霊が現れた段階では、実際には、まだ燃えていないのが救いだろうか。

半透明の霊体となる雪也達もろとも、普通の人達の目に火霊火災は映らない。

火霊火災が起こってもただの家屋としか見えず、平和な日常を過ごす何人かが遠くから、実体である消防車だけをちょっと見て、雪也達の存在には気づかず通り過ぎていくのだった。

霊力のない人にとっては、雪也達の消火活動もろとも、何もかもが幻同然なのだった。

そういう事情なので当然、火霊火災は数ある消防官の中でも霊力持ちしか対応出来ず、その消火活動も、水や氷などの性質が強い特殊な消防官達しか行えない。

京都府警に、あやかしが起こす犯罪の専門部署があるように。

京都の消防にも、あやかし起因の災害に立ち向かう部署があった。

京都市消防局本部の特殊部隊、霊力消火隊。

通称「あやかし消防士」。

それが、雪也の所属であり、生涯を捧げると決めた仕事だった。

＊

中学の修学旅行で、初めて京都を訪れた時。

雪也は、以前からよく知っていたような、妙な懐《なつ》かしさと強烈な寂しさを覚えて胸が詰まった事を、十九になった今でもよく覚えている。

もちろん、修学旅行はろくに楽しめず、ただ不思議な切なさにじっと耐え、同じ班の同級生達が楽しく京都巡りするのにひたすら付き合っただけだった。

移動中のタクシーではずっと窓に目を向けて、京都の街並みを眺めていた。同級生と一緒に京都の街を歩いている時も、辺りを見回していた。

理由も分からないままに、誰かを、何かを、あてもなくずっと探していたかのように……。

その後、高校生となって進路を決める際、雪也は京都での就職を選んで、消防官になると決めた。

雪也には、人ならざるものが見える霊力が幼い頃から備わっており、小学生の頃から近所の寺で、霊力持ちの住職に、護身のための簡単な修行をつけてもらっていた。

その過程で、水晶から生まれた水を吐く式神・護摩太郎を生み出した事が、消防の道へ進んだ理由。

中学の修学旅行で抱いた不思議な感情を相談した事もあって、住職が薦めてくれたのだった。

「雪也君のごまちゃんは、火事の時に絶対に役に立つよ。いい相棒になる。就職するなら、消防官はどうかな。そうだね……。京都がいいと思う。京都は、色んな宗派の本山や神社の総本宮が多いから頼りになるし、何より雪也君が、理由は分からずとも、京都に特別な感情を抱いている……。それは絶対に、浅い理由ではないと思うんだ。それこそ、神様や仏様のお導きのようなね」

そう言って、両親と共に京都へ送り出してくれた住職とは、今でもたまに連絡を取り合っている。

あの時の、消防官を薦めた住職の瞳《ひとみ》には、何か一つの意思があって雪也をそこへ導いたように今でも思えるが、その理由はまだ聞けていない。

住職も、自分から語ろうとはしなかった。


雪也が京都市消防局の採用試験に合格し、消防学校を卒業して晴れて消防士となった後。

配属された「霊力消火隊」は、御所西《ごしょにし》・下鴨《しもがも》・山科《やましな》・上鳥羽《かみとば》、そして嵐山《あらしやま》という五つの地域に、一番隊から五番隊までが配置されている。

雪也は、京都市消防局の本部に最も近い、御所西一番隊の配属となった。

京都御苑《きょうとぎょえん》のすぐ西の、かつての宮家の邸宅・旧有栖川宮《ありすがわのみや》邸。

売却され、それを買い取った名家の篤志家によって整備され、京都市消防局に寄付されて以降、一番隊の詰所となっている。

そんな由緒正しき場所で、雪也をはじめ一番隊の消防隊員達は、毎日広い庭園を利用して、消防車や資機材の点検、訓練などを行う。邸内では、地域住民からの問い合わせや、書類申請の受付など、文机《ふづくえ》に向かって事務作業に勤《いそ》しんでいた。

勤務自体は、一般の消防署・消防官が行うものとほぼ変わりないが、陰陽師《おんみょうじ》のような霊力で消火を行う立場上、点検するものは消防機材だけでなく、祭壇の道具や、護符の枚数、各隊員のその日の吉凶も含まれる。

訓練は、消火訓練や救助訓練だけでなく、呪文を唱える隊員なら、発声や早口での詠唱の訓練も欠かさない。

もちろん、その間に、邸内いっぱいに警鐘の音がかーん、かーんと響き、霊力持ちだけが聞ける特殊な放送が本部から入って、

――火霊火災指令。下京区《しもぎょう》。七条《ななじょう》通西洞院上ル《にしのとういんあが》仙道寺町《せんどうじちょう》。瘴気濃厚。出陣ハ、御所西一番隊、嵐山五番隊……。

といった指令が詰所に響くと、ただちに自分達の能力に合わせた消火装束に早着替えして、消防車に乗り込む。

大門を開けて、消防車で詰所を飛び出して、現場へ急行するのだった。

＊

消防は、基本的に二十四時間勤務の三交代制で、一度職務から上がると、その日と翌日は休みである。

大交替を経て、勤務を終えたその日の雪也は、朝の光がまだ眩《まぶ》しい中で帰路に就く。

自転車の前かごに、自分の鞄《かばん》と、今は水晶の勾玉となって眠るごまを乗せて、烏丸通を北に走った。

烏丸通と今出川通の交差点・烏丸今出川を右に曲がって東へ行くと、

「うみゅん、うみゅっ！　うみゅぅぅぅ……」

と、前かごが揺れたのが嫌だったのか、起きたごまが不満そうな声を出した。

雪也は、ペダルを漕《こ》ぎながら少し前かがみになり、

「あんまり怒るなよ。これでも気を付けて走ってる方だ」

と伝えたが、それでもごまは眠れないのが嫌だったのか、アザラシの姿に変化してまで何度か鳴いて、雪也にぷりぷり、前かごをぺしぺし叩いて怒っていた。

勤務先は京都市でも、霊力消火隊の隊員達が住んでいる場所は、人によって違いがある。地元・京都で実家暮らしの人もいれば、滋賀や大阪といった他府県のマンションで一

人暮らしをして、電車で通勤の人もいる。

雪也は、一番隊に配属されてから最近までは、霊力消火隊が借り上げたマンションで暮らしていたが、とある事情によって引っ越して、今日がその初日だった。

妙原院《みょうげんいん》という寺の、本堂横の庫裡《くり》を改修したごく小さな平屋が、新しい我が家。

その妙原院が建っている場所は、京都を代表する行事「五山送り火《ござんおくりび》」の一つ・大文字《だいもんじ》ないしは大文字山で知られる如意ヶ嶽《にょいがたけ》の麓《ふもと》。

寺から歩いてすぐに、琵琶湖疏水《びわこそすい》の流れに沿って伸びる桜の名所「哲学の道《てつがくのみち》」に出る静かな地域の、京都市左京区《さきょうく》・神清学区《しんぜいがっく》だった。

引っ越しの荷物は、業者によって既に寺の庫裡へ運んでもらっており、後は、勤務明けの雪也とごまが帰るだけ。

晴れわたる空の下、緑の木々が揺らめく風を切って、今出川通を自転車で走る。

急に視界が開けて鴨川《かもがわ》に出ると、正面に、大の字がくっきり見える大文字山がそびえていた。それを含んで連なる東山三十六峰《ひがしやまさんじゅうろっぽう》の山々も、暖かい日差しに霞《かすみ》がかって、南北になだらかな姿を見せている。

今、雪也が通り過ぎる賀茂《かも》大橋の眼下には、賀茂川・高野川《たかのがわ》が合わさって鴨川へと名を変える合流地点「鴨川デルタ」が見えており、春らしく豊かに茂る草木や二つの川の流れ、左右それぞれに並ぶ小さな飛び石達が、鴨川デルタを中心にまるで鏡合わせのような景色を作っていた。

気づけばごまは、自転車の前かごの中でぐっすり眠っている。時折、ぴすぴすという呼吸音がする。

京都大学の学生達で賑《にぎ》わう百万遍《ひゃくまんべん》を越えて緩《ゆる》やかな坂道を登り、吉田《よしだ》神社が鎮座《ちんざ》する吉田山を通り過ぎ、ようやく妙原院に着いて挨拶《あいさつ》すると、住職がにこやかに迎えてくれた。

「よう来はりましたね。あんまり干渉したら駄目やと思ったさかい、庫裡の中はそのままですけど、荷解《にほど》きで手が必要やったら呼んで下さい。境内《けいだい》の住み込みと言うても、お互い別々の生活ですしね。こっちの事は気にせんと、まぁ楽に生活して下さい」

とても、優しそうな人だった。

「あ。瀧本君は消防士やったっけ？　ほな、うちが火事になったら、優遇して一番に消してや。水増しもオーケー」

意外に、面白い人だった。

京都の人はよく、いけずだとか、言葉とは裏腹に本心は……などの噂《うわさ》が飛《と》び交《か》うが、特に意地悪でもなく、気遣《きづか》ってくれる人も沢山いる。

むしろ、それが普通で実際の京都なのだと、雪也は二年の、京都市での生活を経て知っていた。

消防官の中には、休日になると地図を片手に近辺を歩き、どこに消火栓があるか、どこに消火活動で活《い》かせる路地があるかなどを把握して、散策を通して体で覚える過ごし方が習慣となっている人もいる。

雪也もそのタイプの人間で、家の荷解きを済ませて遅い昼食を取った後は、早速ごまを連れて神清学区を歩き回り、学区内の地理を把握した。

まだ、妙原院の住職に会っただけだが、最初の人の印象が、既に町内全体のイメージに繋がっている。

(住職さん、感じのいい人だな。霊力消火隊の紹介とはいえ、困っていた俺に手を差し伸べて、すぐに家を用意してくれたし……)

今回の引っ越しに至った経緯を思い出して、雪也は心から感謝した。

――その時。

ふと、顔を上げた雪也は、異変に気づいて目を見開いた。

疏水の流れを挟んで向こう側の町内から、灰色の煙がじわりと上がっている。

火災だとすぐ分かり、それも、一秒経つごとにどんどん色を濃くする煙から、火霊火災の瘴気だと察した。

「うみゅん、うみゅん!」

「分かってる! お前も準備しとけよ!」

騒ぐごまを抱えて雪也は走り出し、疏水にかけられた小さな橋を渡る。問題の民家の前に駆け付けると、予想通り、家のベランダや窓という窓から濃灰の瘴気が立ち上っている。時折、瘴気は細い生き物のように、ゆらゆらうねって絡み合っていた。

それを噴き出している家の中は何も見えないが、屋内で、火霊が生まれて燃えているのは間違いない。

（火霊が動いている様子はない。だとしたら、赤犬《あかいぬ》・赤猫じゃない。ストーブとかによく取り憑く『火達磨《ひだるま》』……？）

咄嗟《とっさ》に火霊の種類を考えていると、家の前で、数珠を持って不安そうに瘴気を眺める中年女性が立っている。

この人が問題の家の居住者で、火霊の存在も分かる霊力持ちの人らしかった。

「すみません。火事ですよね？　大丈夫ですか？」

「ああ、はい……」

「逃げ遅れは？」

「いえ、大丈夫です。中にいたのは、私だけやったので……」

冷静に尋ねる雪也に対し、冷静なのか、家が火霊に取り憑かれて呆然《ぼうぜん》としているのか、女性は不安そうに家を見るだけ。

雪也は、今は職務中ではない一般人だという自分の立場を思い出し、すぐに近所中を回って大声を出して、有毒ガスが発生しているから逃げろと周知した。

それによって、何人かの町内の人が避難したのを確かめつつ、スマートフォンで一一九番通報する。

中年女性のもとまで戻り、

「消防に連絡しましたので、すぐ来ると思います」

と宥《なだ》めるつもりで伝えた瞬間、相手が家を指さした。

「あ。中に……」

「中に？　まさか、人がいるんですか⁉」

「ええ、はい」

うみゅん⁉　と、ごまも驚いて顔を上げた。

その言葉を聞いた雪也は真っ青になって玄関に駆け寄って、ドアに手をかける。

（取っ手が熱くない。瘴気特有のざわつきも伝わってこない。まだいけるか……⁉）

自分が家の中に入って、ごまで火霊を抑えつつ、逃げ遅れた人を救助出来るかもしれないと、雪也は考えたのである。

通常、何の装備もない一般人が人を助けに火災の中へ入るのは無謀で、それは火霊火災でも同じだった。

しかし、火霊火災に関しては、雪也は少しだけ例外である。

前田隊長が「うち一番の消防隊員」と褒《ほ》め称《たた》える最大の理由の、あやかし消防士の中でも珍しい能力、いわゆる奥の手を持っていた。

雪也はいつも持ち歩いている非常用の呪符を一枚、自分の鼻と口を覆《おお》うように貼る。祠などの水源に貼るための呪符とは異なる顔用の呪符を貼る事で、瘴気を防ぐ狐面代わりに出来る。

そこから、自らの霊力を水源として自分の式神であるごまに注連縄なしで流し込み、水源も装備も必要とせずに、自分一人で放水が出来る能力だった。

防火服を着ていないので長くは持たないが、初期消火ぐらいなら可能だった。

「ごま！　いくぞ！」

「うみゅん！」

雪也の合図に、ごまが大きな鳴き声を上げて龍になる。

玄関のドアを開けると同時に濃灰の瘴気が噴き出して、雪也達にぶつかった。

雪也は怯《ひる》まず、家の中に駆け込んで瘴気を掻《か》き分《わ》けるようにまず一階から人を探し、いないのを確かめると、すぐに二階へ駆け上がる。

階段の数段目を踏んだ時、小さな呪文か祝詞《のりと》のような声が上から聞こえたので、雪也は咄嗟に耳を塞《ふさ》いで警戒した。

（呪文を唱える火霊なのか。やっぱり火達磨か？　あんまり聞くとまずい）

その時、二階の部屋から、ぱんという破裂音がしたので雪也がただちに二階の部屋に飛び込むと、寝室の奥で、丸まって唸る孔雀《くじゃく》の姿をした小型の火霊と、床で正座して背中を丸めて、じっと蹲《うずくま》っている若い女性がいた。

それを見た瞬間、雪也は普段の癖《くせ》で「要救助者発見！」と仲間がいなくても声を張り上げ、素早く、小柄なその女性を横抱きにして階段を駆け下りた。

「あっ⁉　ちょっと⁉」

雪也の腕の中で、女性が顔を上げて慌てたが、

「大丈夫です。私服ですけど、俺、消防士です」

と、雪也は落ち着いて、相手を安心させるように低い声で応える。

すぐに続けて、

「鼻と口を覆って、瘴気を吸わないように」

と指示すると、女性は素直に従って両手で鼻と口を覆い、体を丸めてくれた。

（よかった。パニックにはなってない）

ほっとしながら、雪也は家の外に出て女性を安全な場所に座らせて、さあ自分は初期消火に当たろうと奮い立つ。

「ごま、もう一度だ！」

「うみゅーっ！」

相棒のごまもやる気十分。

雪也とごまが、意気揚々と振り向いて家を見上げると、不思議な事に、あれだけ家屋を包んでいた濃灰の瘴気がかなり薄まっていた。

「へっ？」

雪也の口から、思わず声が出る。

薄まっただけでなく、現在進行形で、瘴気がどんどん消えつつあった。

やがて、空からすっと影が差して辺りが薄暗くなったと思うと、どこからか湿った風が吹いてくる。

それがまるで、ロウソクの火を優しく吹き消すかのように火霊火災の家に当たると、家の中で火霊が消滅したらしい。

嘘《うそ》のように、全ての瘴気が捩じれるように揺らめいて消滅し、火霊火災が完全に鎮圧された。

半《なか》ば呆然とした雪也とごまだけが、現場に残された。

「……何か……。終わったな……？」

「うみゅーん……？」

ごまが、不思議そうに首を傾《かし》げて雪也を見上げたが、雪也自身も、

「いや、俺もよく分からない……」

と、返すしかなかった。

（……あっ！　そう言えば！　救助した彼女……！）

我に返って、居住者の中年女性と、救助した若い女性を思い出し、雪也は急いで顔から呪符を剝がして二人のもとに駆け寄った。

「あの、大丈夫ですか⁉　怪我とか、瘴気を吸ったりは――」

ちょうど、助けた若い女性が立ち上がっている。

その時初めて、雪也は彼女の顔を正面から見て、足が止まった。

自分を見上げた彼女の瞳から発せられる、凛々《りり》しいのに、どこか儚《はかな》い眼差《まなざ》し。

丸みを帯びた、綺麗な半上げの長い黒髪に、小さい顔がさらに華奢《きゃしゃ》な印象を与える。

二階から助けた時はろくに見ていなかったが、白のシャツに赤のロングスカートだと思っていた彼女の服装は、白い着物に緋袴《ひばかま》という、立派な巫女装束だった。

「…………」

「…………」

雪也達は互いに、微かに驚いて見つめ合う。

普段から、消火活動や救助活動に従事する雪也は、その職務の大変さもあって、要救助者の体調はともかく、相手の容姿や野次馬などの顔をじっと見る事はない。

相手の身を案じる使命感があるだけで、個人的な感情を抱く事は決してない。災害の中だけにそんな余裕もない。

しかし今、雪也は、彼女と見つめ合った瞬間に、特別な何かを感じていた。

彼女がそっと瞬《まばた》きすると、それに合わせて雪也の心も切なく疼《うず》く。

この人が──「この子」が無事でよかったと、心の底から愛《いと》しさが湧《わ》いていた。

何故《なぜ》か雪也は、彼女が酷《ひど》く弱く、そして怯《おび》えているように見えたので、何かに突き動かされるように呟く。

「……泣かないで……。もう怖くないから。大丈夫だから……」

無意識に、彼女の涙を拭《ぬぐ》ってあげようと手を上げた。

すると彼女が、少し驚いたように自分の目に触れて、

「いえ、あの……。泣いてはないです……。すみません。瘴気を少しだけ吸ったので、涙が滲《にじ》んだのかも」

と、しっかり答えて目を擦ったので、雪也ははっと我に返って手を引っ込めた。

「ごっ、ごめんなさい！　そうですよね⁉　泣いてないですよね？　何やってんだろう俺！　本当にすみません……！」

顔を真っ赤にして頭を下げて、彼女から一歩引いた。

幸い彼女は怒っていなかったが、自分自身でも、今しがたの己の言動が理解出来ない。

恥ずかしく思っていると、彼女が小さくお礼を言う。

「助けて頂いて、ありがとうございました」

儚いのに、どこか凛《りん》とした、鈴の鳴るような声を聞いた瞬間。

雪也の脳裏に、火災の度に感じていたあの「声」が、ありありと蘇《よみがえ》った。


――き……。ゆき……さま……。


「……っ……⁉」

戸惑った雪也は、相手にばれないよう、そっと息を呑《の》んで視線を逸《そ》らした。

声が響き、胸を抱かれ、求められているような感覚が、彼女を見るとぐっと強くなる。

彼女に相対するだけで、今の雪也は、普段の何倍も心を揺さぶられる。

日頃感じていた感覚や「声」と、今、彼女と接している自分の感覚とが、恐ろしいほどよく似ていて、ぴったり重なっていた。


（もしかして、俺は今まで、この子に呼ばれてたのか……？）


何故かそう直感し、驚きで言葉すら出なくなっていた。

意図せずこみ上げてくる気持ちは、いつものような切なさの他に、大切な宝物を見つけた時のような熱い高揚《こうよう》もある。

（今まで、こんな事なかったのに……）

己の心がすっかり分からず、

「……君……は……」

と、ようやく発した雪也の言葉は、たどたどしい事この上なかった。

それを受けた彼女はというと、雪也と似たような表情で戸惑っており、さりげなく俯《うつむ》いてしまう。

しかしすぐに、雪也を見ようと顔を上げたので、特別な何かを感じたのは彼女も同じらしかった。

「…………」

「…………」

お互いが顔を上げては見つめ合い、戸惑っては俯くを繰り返す。

運命の出会いなのはもはや確定だったが、だからといって、雪也はここからどう話を切り出せばよいか、全く分からなかった。

やがて、彼女の方が小さく頭を下げて、

「すみません。私、話すのが下手《へた》で……」

と拙《つたな》く詫《わ》びたので、雪也はようやく頭を切り替えて、消防士として声をかけた。

「いえ、こちらこそ、すみません！　何か俺、言葉に詰まったりして、頼りない感じでしたもんね……。体調は何ともないですか」

雪也の冷静な問いに、彼女も素直に「はい」と答える。

「本当に？　あれだけ火霊のそばにいて、かなり瘴気も吸ったと思いますけど」

「それは、大丈夫です。そういう態勢を取ってましたから」

綺麗な京都弁である。

見た目の儚さに反して、質疑応答となれば、きちんとした喋《しゃべ》り方で頼もしい。

彼女の聡明《そうめい》さに引き上げられるように、雪也の心から、次第に戸惑いが薄れていた。

「そういう態勢を取っていた、というのは？　自分を守っていたという事？」

「はい。実はうち……」

雪也が話を続けて、彼女が何かを説明しようとした時。

雪也の後ろから、

「あのーぅ……」

と、言いにくそうに横から顔を覗《のぞ》かせたのは、火霊火災が起こっていた家の居住者の中年女性。

「お兄さんは、もしかして消防士さん……かな？　やとしたら、言いにくいなって思うんですけど、その子は、神社の特別な子で……。消火活動をしてたんです」

と言って、彼女を指さしたので、

「はい？」

と、雪也は少しだけ、間の抜けた声を出してしまった。

「消火って、俺が駆け込んで発見した時、彼女は火霊のそばで蹲ってましたけど……？」

彼女と家を交互に見て尋ねると、

「そういう火消しのやり方なんよね？　手を合わせて、御祈禱してたんよね？」

と、中年女性が確認するように彼女の顔を覗き込んだので、彼女はまた素直に頷いた。

「祈禱……？」

つまり、雪也が駆け付ける前から、二階で火霊を鎮める祈禱を行っていたのだと、彼女は言う。

「すみません、ご迷惑をおかけして。たまたま、学区の見回り中にここの火事を発見したので、お家《うち》に上がらせてもらったんです。ほんで、部屋にいたのが『茜孔雀《あかねくじゃく》』やったので、自分の祈禱だけで初期消火が出来ると思いまして……。大声で近所に周知はしましたけど、先に一一九番すればよかったですね」

「じゃあ、俺が階段で聞いた祝詞みたいな声は、火霊の声じゃなくて」

「はい。私の、祈禱の声です」

「その後の破裂音も？」

「祝詞の後に、一拍手する祈禱を行ってましたので、それです」

彼女は慣れているようで、スラスラ答える。

説明を聞いて、（ああ、なるほど）と、雪也は一つ一つに頷いていたが、少し経ってから、

「ん？」

と、ある事に気づいて顔を上げた。

「何か、現場で、あやかし消防士と喋ってるみたいだ。初めて会った気がしない。第一、火消しの祈禱なんて普通の人が出来る事じゃないし……。それに、さっき君は、茜孔雀って言いました？　何で火霊の種類を知ってるの？」

火霊には様々な種類があって、消火にてこずる大型の「赤獅子」や、走り回って延焼を招きやすい「赤犬」、妙な呪文を唱えて瘴気を濃くする「火達磨」など、外見も違えば性質も違う。

現場に駆け付けたあやかし消防士達は、それを見極めてから消火戦術を決めて、鎮圧を始めるのが基本だった。

今しがた、雪也達が遭遇した「茜孔雀」も、立派な火霊の一種である。

しばらくは唸るだけの大人しい火霊だが、何かの拍子《ひょうし》でぱっと羽を広げると、一気に燃え広がるという厄介な性質を持っている。大抵は初期消火で消える種類で、言い換えれば、初期消火の手際が重要な火霊だった。

当然、「茜孔雀」は基本的に、全国のあやかし消防士ないしは一部の関係者のみが知っている業界用語なので、普通の人は知らないはずである。

「もしかして君は……消防官？　それも、霊力消火隊？」

雪也が訊くと、こちらをずっと見つめていた彼女は、少しだけ首を傾げる。

「消防官では、ないんですけど……」

その時、消防車のサイレンの音がして、本当の霊力消火隊が到着する。

下鴨二番隊と、雪也が今朝までいた御所西一番隊が駆け付けて、すっかり祓われ、消火されている現場を見て驚いていた。

やがて、二番隊の隊員の一人が雪也に気づいて、独特の口調で尋ねる。

「あっ、瀧本君⁉　君、一番隊の、滝本雪也君でお間違いない⁉　この辺に住んでたの？」

「はい！　合ってます。お疲れ様です。今日からここに越して来たんです」

雪也も答えて、互いに敬礼して労い合った。

その横で、彼女も二番隊の隊員に向かって、恐らく反射的に敬礼する。凜々しい表情と姿勢の美しさを見た雪也は、彼女がやはり、消防関係者なのだと確信した。

隊員は、以前から彼女を知っていたようで、

「おぉ、君はあれやな？　ここの消防団の、『颪の巫女』さんやな？」

と尋ねると、彼女が静かに頷く。もう一度隊員に向かって敬礼し、丁寧に名乗った。

「――お疲れ様です。左京消防団、神清分団の副分団長を拝命しております、鳳美凪と申します」

美凪の清らかな横顔に衝撃を受けた雪也は、思わず見惚《みと》れてしまった。

さらに衝撃だったのは、美凪が名乗る際の、少しだけ低くなった声が、雪也の心の中で響いていたあの声と、全く同じだった事。

(じゃあ、やっぱり、この子が……⁉)

雪也は言葉を失って、隣の美凪を凝視していた。

そんな雪也を、隊員が不思議そうに眺めている。

雪也は慌てて首を横に振って、

「な、何でもないです」

と取《と》り繕《つくろ》ったが、美凪との出会いが自分にとって非常に重要で、今後、大きく運命を分ける事になるだろうと、雪也ははっきり予感していた。

その後、一旦《いったん》自分の耳を通り過ぎて、じわじわ理解した美凪の肩書に、目を丸くする。

「そういえば、君は消防団員だったのか。で、それはいいとして……。副分団長⁉」

その年齢で？　明らかに十代だよね？　と驚く雪也に、

「……来年で二十歳」

という、ぽそっとした答えを聞いて、雪也は、彼女と同い年である事が妙に嬉しかった。

たった一人で、あっと言う間に火霊火災の初期消火をこなす、京都の消防団の副分団長。

現役隊員から称された、「風の巫女」とは。

中年女性の話だと、神社の特別な子だという。

「つまり、神社の巫女さんって事？」

雪也が訊くと、美凪は「一応」と頷く。社務所に住んでいるという。

あの祈禱は、その神社に伝わるものなのだろうか。

まじまじと美凪を見つめる雪也の驚きや疑問は大きく、何より、惹《ひ》き付《つ》けられる気持ちがやまない。

（俺は彼女を見た瞬間に、あの切なさを思い出した。心に響く声だって同じ）

決して、偶然ではなかった。

地元の住職が、雪也が京都で消防官になるのは神仏の導きと言っていたように、巫女である彼女が雪也を呼んで、求めて、切ない感情を起こさせるのだろうか。

霊力消火隊の隊員達が、現場の調査を進めるのを二人並んで見守っていると、近くの住宅の屋根の上で、野次馬で来ていた小さな烏天狗《からすてんぐ》達が喋っているのが、雪也の耳に届いた。

「……あれが噂の、『風の巫女』なんだよね。可哀想《かわいそう》に……」

「人間は、ほんまに優しくて、そして忘れっぽい生き物なんやなぁ。あれが本来は、どういう存在なのかも知らずに……」

微かな笑い声がした瞬間、隣の美凪が、ぴくっと怯えるように肩を震わせた。

「……?」

不審に思った雪也が屋根を見ると、烏天狗達は、ぱっと飛んで逃げていく。

(今のは……どういう事だ? 彼女の事を言ってたのか?)

美凪、すなわち凪の巫女には、秘匿されている事があるらしい。人間より遥《はる》かに長く生きる烏天狗達は、それについて何かを知っているらしい。

隣の美凪を見ると、すっかり俯いて萎縮している。

雪也や隊員達から、一歩引いて距離を取っている。

雪也は咄嗟に、考えるより先に、

「俺、君と出会ったばかりだから、事情はよく分からないけど……。君が初期消火をしてくれた事は、間違いないよ。俺が保証する。お陰《かげ》で住宅が燃えずに済んだ。だから少なくとも、俺は感謝してる」

励ますように微笑《ほほえ》むと、美凪がふっと顔を上げて、救われたように目を潤《うる》ませた。

「……ありがとう」

か細い声に、不安そうな表情。

まだ何も知らないのに、美凪の瞳を見ただけで、雪也は彼女を守りたいと思った。

祈禱の力で、火霊火災から住宅を守ったことは、もう既に雪也の心に刻まれている。

（それに、彼女は消防団員だというし……。俺にとっては、立派な仕事仲間じゃないか）

先ほどの烏天狗達のような、他の者が何と言おうと、自分は彼女の味方でありたいと思い、もっと彼女のことを知りたいと思った。

幕間（一）

鳳美凪の人生は、もはや死んでいるようなものである。

朝起きて、生活のために必要な仕事に行って、住まいである神社の社務所に帰れば、「風の巫女」として奉仕する。

優しい仲間と一緒に訓練をしたり、学区を見回る地元の消防団員としての活動だけが、美凪の唯一の気晴らしだった。

美凪がいる風戸神社には、誰も来ない。

人間の世界では、小さな無名の神社すぎて、地域の人にすら、あまり知られていないからだ。

けれど、一部のあやかし達の世界では、風戸神社は――。

「……あぁ。また、貼られてる」

＊

それは美凪が、雪也と出会う前の話。

京都市左京区・神清学区。大文字山の麓の、ささやかな境内の横。

京町家の社務所に貼られた紙を見て、美凪は溜め息をつく。

張り紙の内容は日によって様々で、今日は墨で黒々と、

「巫女のお勤め、がんばって下さいねェ～」

とだけ、書かれていた。

張り紙本体からは、虫よけのような酸っぱい匂いと、あやかしの気配が漂っている。

お勤め、の横に鮮やかな赤い線が引かれており、赤い点まで打たれていた。

（先月のように、血で書かれていないだけ、まだ良《い》い方かな……）

ふと下を見ると、社務所の壁にもう一枚貼ってある。

額に凪と書かれた大蛇に、巫女が頭から食われている無残《むざん》な絵と、食われつくして野山に晒される骸骨《がいこつ》の絵が描かれている。絵には仕掛けめいた簡単な呪術《じゅじゅつ》が施されていて、

美凪が触れると、「ぎぃやぁぁぁ」という若い女性の叫び声がした。

断末魔《だんまつま》の叫びを聞いた美凪は、咄嗟に両耳を塞いで絵を踏みつける。震えながら、足で何度も地面に擦《なす》りつけて破ると、じゅっという音と共に、悲鳴が消えた。

「はぁ……っ！　はぁ……っ！　……っ……！」

いきなり叫び声を聞いた恐怖で全身が強張《こわば》り、呼吸が速まって目に涙が滲む。

近くの山の茂みから、クスクスという笑い声がして美凪が顔を上げると、落書きの紙を貼った犯人らしい黒い二足歩行の化け狐が、一層高い笑い声を上げて素早く逃げていった。

神清学区の人達をはじめ、大体は多少なりとも良心を持つ人間とは違い、あやかしは純粋悪な皮肉な思考回路を持ち、単なる娯楽として悪戯《いたずら》を楽しむ輩《やから》も多い。

今、美凪が手にしている張り紙や仕掛け絵も、その類だった。

何も知らない者が読めばただの応援や大和絵《やまとえ》だが、赤線と点がある以上は、そこに応援ではない別の意図があって、真相を知っている上での、悪意ある張り紙だとすぐ分かる。

大和絵も、明らかに美凪を不快にさせるような、意図的な内容だった。

（そう。この神社の巫女……。つまり、うちのお役目は……『真っ黒』やから……）

張り紙を書いて貼ったり、先の大和絵を貼ったらしい化け狐は、きっと、美凪の一族・

鳳家や風戸神社の事を知る老いたあやかしか、それを又聞きした若い悪戯好きのあやかしだろう。

人間と違ってあやかしは長生きなので、大昔の鳳家や風戸神社、そして「災いの神との真っ黒な婚姻」について、いつまでもヒソヒソ話をする。

神清学区に住む人達は皆優しくて、消防団員として活動する美凪に、「お疲れ様！」「さすが凪の巫女さんやね！」と純粋に朗《ほが》らかに労ってくれるが、あやかし達は、いつまで経っても美凪を「災いの巫女さん」と呼び、「可哀想な贄《にえ》の子」「お勤めおきばりやすぅ」などと言う。

生贄《いけにえ》のような存在の美凪を、娯楽として哀《あわ》れんで、遠巻きに眺めたり腫物《はれもの》のように扱って、その行為自体を楽しんでいる。

揶揄《やゆ》や張り紙は、表面上だけは激励なので、こちらからは文句を言えない。落書きも、何度警察に相談しても新手のあやかしが出てくるので、今はもう諦《あきら》めていた。

どれも、あやかしらしい上手いやり口だと、美凪はいつも悲しく思っていた。

「……いいもん。うちは、もう、今は十分自分の運命を弁《わきま》えて、諦めて、穏やかに生きてるもん」

自分自身に言い聞かせるように、呪文のように声に出す。張り紙は破いて捨てる。瞳から光を消して、心を真っ暗にして。

無心になって境内を掃除して、儀礼的に本殿に頭を下げて、社務所に引っ込んで一日をやり過ごした。

明日は、巫女としての勤めである学区の見回り。

その道中で、あやかしにヒソヒソと後ろ指を指されたり、不躾《ぶしつけ》な若い鬼に通せんぼされ、

「なぁなぁ、君ってあれやろ？　風の巫女もとい、『災いの巫女』さんやろ？　そんな鬱陶《うっとう》しい肩書なんか忘れて、俺らと下品な事をして遊ぼうや」

と、ニヤニヤ顔でつきまとわれない事を、祈るばかりだった。

ただ、それでも美凪が、巫女としての勤めや見回りを放棄しないのは、消防団に入った自分が少しでも凛々しくありたいという矜持と、それと前後して美凪の心に、不思議なものが芽生《めば》えたから。

——……待っていてくれ……。必ず、会えるから……。

そんな幻聴が、時折、聞こえるようになったのである。

もちろん、その時の美凪の周りには、誰もいない。ただただ美凪の心の中で、若い男性の声が響くだけだった。

誰なのかは、分からない。

しかし、自身の孤独を埋めてくれるかのような声だけの存在が、美凪の支えになっていた。

声そのものが、一族の掟《おきて》によって巫女となり、自分の運命を受け入れて諦めている自分が起こした哀れな妄想かもしれない。

全てを諦めていても、凜々しくあろうとしても、美凪は心のどこかで、誰かに助けを求めている。だから近頃になって、そんな声が響くのかもしれない。

それでも美凪は、声の主を探したかった。暇さえあれば、心の中で響く誰かに答えるように、名も知らぬ「誰か」を呼ぶようになった。

（もし、この声の正体が存在するのなら、どんな人なんやろう……）


——それが美凪の、雪也と出会う前までの話。

声の主が雪也だったと分かるのは、翌日に火霊火災で助けられて、出会った時。

颯爽《さっそう》と自分の前に飛び込んで、抱き上げて助けてくれた横顔が、一瞬で美凪の心に刻まれた。消防士だと名乗った声が強い信頼や安堵になって、美凪の全身を包み込んだ。

その後、立ち上がって雪也と目が合った瞬間に運命の衝撃を感じた美凪は、驚きのあまり上手く言葉を発せなかった。

雪也もまた、何かを感じたのか、驚いたような顔で美凪を見つめていた。

泣かないでと優しく言われた時は、つい自分の目を拭《ふ》いて否定してしまったが、今までの酷い生活に耐えていた精神状態や、救助された安堵、何より、自分を救助した雪也の存在が力強くて、自然に縋《すが》りたくなっていたのかもしれない。本当に涙腺《るいせん》が緩んでいた。

(そんな不躾な……。相手は職務として、うちを助けただけやのに。いきなり泣いたら、向こうも困らはる……)

しかしその後、初期消火について話した際、

「初めて会った気がしない」

という雪也の言葉を聞いて、幻聴の声とよく似ていると気づいて全身がわなないた。

(もしかして……この人が……?)

尋ねて確かめたかったが、いきなり変な話をして迷惑をかけるのは申し訳ないと思い、口を閉じる。

やがて、現場に駆け付けた霊力消火隊の隊員に挨拶し、消防団員として名乗った後。

屋根の上にいた野次馬の烏天狗達が、声を潜めて話しているのを聞いてしまった美凪

は、背中を刺されたように肩を震わせて萎縮した。

（そうや。うちはあの烏天狗達の言う通り、『凪の巫女』……）

自分は、いつもの不躾な鬼やあやかし達が呼ぶような「災いの巫女」。一族の誓約によって災いの神に嫁ぐ者。

ゆえに美凪は、思い出したように一歩後ずさり、本物のあやかし消防士達がいる中に交ざるのは申し訳ないと思って距離を取った。

——しかし。

「俺、君と出会ったばかりだから、事情はよく分からないけど……。君が初期消火をしてくれた事は、間違いないよ。俺が保証する。お陰で住宅が燃えずに済んだ。だから少なくとも、俺は感謝してる」

その消防士である雪也が、励ますように微笑んでくれたのである。

地元のあやかし達も、美凪本人さえも、災いの巫女としての美凪を見ていた中で、雪也は、初期消火をしたという「今の美凪」だけを見てくれた。

それが美凪には、何より嬉しかった。

救助の時は、力強くて冷静で。

終わった後は、こんなにも純粋で優しい。

（……格好いい……）

まさに、理想の人だった。

雪也の人格や存在が、美凪にとっては希望の光を注ぐ太陽のように、この上なく輝いて見える。

「……ありがとう」

まだ、自分の心は闇《やみ》の中だったが、それでも雪也と出会った事で、何か大きな変化が起こったのだと、思わずにはいられなかった。

第二話　清らかな出会い

(祈禱で火霊火災を消せる『風の巫女』で、消防団の副分団長。それに……俺の心に響いていた声と、同じ声の女の子……)


茜孔雀の火霊火災の翌日。

居住者や下鴨二番隊の隊員を通じて美凪を知った雪也は、今日も爽《さわ》やかに晴れている空の下でごまを抱えて、妙原院を出た。

行き先は、同じ学区内の、美凪が巫女として住んでいるという神社。風戸神社という名前だった。

通常、火霊火災が発生して、雪也らあやかし消防士が出動して鎮火した後は、何が原因で火霊が現れたかを調べる火災調査や、取り憑かれた家屋のお祓いのために、担当のあやかし消防士が現場を訪れて祭祀《さいし》を執り行う。それが済んで初めて、火霊火災の事案が一つ、きちんと完了するのだった。

今回の茜孔雀の件も、家の居住者の中年女性はもちろん、初期消火や救助にあたった美凪と雪也も、火災調査のために下鴨二番隊の隊員と面談した。

その際、雪也と美凪は挨拶こそしたものの、互いの事を詳しく聞くような、長く話す時間は取れなかった。

しかし雪也は、帰宅した後も美凪が忘れられず、運命の片割れらしき彼女を何か神秘的なもののように、一晩中ずっと思い出していた。

自分が消防士で、美凪も消防団員という近しい立場や、何より例の「声」の件。

烏天狗達が喋っていた事も合わせて、美凪の存在は、すっかり雪也の心に刻み込まれていた。

(消防士と、消防団員か……)

運命の出会いとは別に、ごく単純に仕事仲間が出来たという意味でも、雪也はこの出会いがとても嬉しかった。

消防団とは、自治体が設置する消防局とは別の、地域の人々で結成・運営される消防組織である。

災害、特に火災が起これば、直接の消火活動は基本的に消防局と雪也ら消防官の仕事だが、災害時の活動は地域との連携が不可欠ゆえに、交通規制や警備などは警察と共に消防団が担っていた。

京都市では、各行政区に一つ消防団本部が設置され、さらに小学校区ごとに、末端組織の分団が配置される。

それらを構成する団員または分団員達は、雪也のような公務員としての消防官ではなく、各学区に住んだり通勤している一般人。

普段は、会社員や自営業などの仕事についているが、いざ災害が起こって消防署からの出動要請が出れば、制服を着て、特別職地方公務員という権限を持つ。

交通規制などが行える消防団員として現場に駆け付け、もちろん、時には消防官さながらに初期消火にあたる事もあった。

雪也が引っ越した左京区には、京都市消防局の消防署や出張所とは別に、地域が運営する「左京消防団」本部がある。

その左京区の中の神清学区に、左京消防団の「神清分団」が置かれていた。

(あの子は、それの副分団長……)

消防団は、上から、団長・副団長・分団長・副分団長・部長・班長・団員の七つの階級があり、上二つが本団、分団長以下が分団においての階級である。

つまり、雪也の聞いた話が正しければ、美凪は左京消防団の、上から四番目の階級。

弱冠十九歳にしての、分団の指揮官クラスという訳だった。

昨日、現場で話した居住者の中年女性いわく、

「ここ神清学区の氏神さんは、銀閣寺《ぎんかくじ》のすぐ横にある八《はち》神社さんなんやけど、風戸神社っていう小さな神社もあるんですよ。美凪ちゃんは、そこの子やねん。巫女さん。消防団の火の用心の巡回も、毎月頑張ってくれてるし、ええ子よ」

との事で、地元でも美凪の存在は知られているらしい。

烏天狗達と違って、中年女性は忌避してはいなかったので、美凪自身に問題がある訳ではないようだった。

むしろ、消防団員としての地域への貢献ぶりを、高く評価しているようだった。

(当然だよな。人の家の火事を消そうとする、優しさと勇気を持ってる子なんだから

な?　と雪也が笑顔でごまに話しかけると、ごまは「何の話?」と言いたげに、

「うみゅん?」

と、小首を傾げた。

風戸神社は氏子を持たない小さな神社だが、とある一族が代々守っており、それが鳳家だという。

女性の説明通り、妙原院から歩いて十分もかからない場所に神社はあり、大文字山の麓沿いの、なだらかな坂道が続く場所に建っていた。

短い階段を上がって、古ぼけた朱色の鳥居の、向こう側を覗く。

山の木々や竹藪《たけやぶ》が、覆い被さりそうなほど茂っている境内の真ん中に、小ぶりな本殿が見えた。

小規模な境内でも、草むしりなどの整備はきちんとされている。向かって本殿の右横、境内の端には、社務所と兼用らしい瓦葺《かわらぶき》の小さな京町家があった。

「うみゅん！」

雪也の腕の中で、ごまが楽しそうに前びれを突き出す。中へ行けと言う。

「別に、お前と遊ぶために来たんじゃないからな。あの子と話すだけ」

そう返しつつ、突然訪ねて美凪に嫌がられたらどうしようと今更不安に駆られつつ、雪也はごまと一緒に鳥居をくぐった。

木漏れ日が、光と影の透き通ったまだら模様を作る中で、飛び石を歩く。小さな本殿の前に立って賽銭《さいせん》を入れて、ごまを足元に置いて手を合わせる。

霊力持ちの人間ならば、本殿で手を合わせた瞬間に祀られている祭神の気配を感じる事が多いが、

（……何も感じない。お留守かな）

と、雪也は神の不在を察して、ならば巫女だという彼女もいないかもと考えた。

少しだけ、がっかりして顔を上げると同時に、足元のごまが「うみゅん！　うみゅん！」と跳ねて雪也の足をぺしぺし叩く。

右から、草を踏む音がしたので視線を向けると、白い着物に、緋袴の巫女装束、黒地に赤の線が入った、火消し半纏《ばんてん》のような長い羽織を着た美凪が立っていた。

掃除をして、本殿の後ろから出て来たのだろう。艶《つや》めいたお神酒徳利《みきどっくり》や雑巾《ぞうきん》を抱えた美凪も、雪也をじっと見つめていた。

「あ……」

「あ……」

二人は同時に声を出し、一秒だけ、遠慮し合って言葉に詰まった。

昨日、初めて見た時と同じ、透き通るような美凪の瞳を前にした雪也は、気持ちが俄かに軽くなる。

運命の人との再会は、今日は、昨日のような衝撃的なものではない。

会えて嬉しいと心から思い、じんわりと胸が熱くなるような、温かなものだった。

「あの。俺……」

その喜びを、言葉どころか、表情ですら上手く伝えられないところに、自分の不器用さを感じずにはいられない。

結局、まともに喋ったのは美凪の方で、

「昨日は、ほんまにお疲れ様でした。救助して下さって、ありがとうございました」

と、巫女らしく丁寧に頭を下げたので、雪也は慌てて自分の手を振った。

「いえいえ、こちらこそ！　あの、むしろ俺、消火活動の祈禱をしてる時に乱入して、悪かったなって……！」

肩をすくめながら咄嗟に、テレビなどでよく揶揄される言葉とは裏腹の「いけずネタ」が、脳裏に浮かぶ。

（救助してくれてありがとうって事は、本当は皮肉で、余計な事をしやがってという意味か……⁉）

妙原院の住職の時のように、そんな人ばかりではないと分かっているはずなのに、雪也はつい身構えてしまう。

しかし、あの時の雪也は、二階にいた美凪が本当に要救助者だと思っていて、

（そこだけは、余計な事と思われても、俺は助ける。あの時の救助は間違ってない）

と、毅然《きぜん》とした心持ちでいると、雪也の邪推とは裏腹に、美凪はちゃんと分かっていた。

「いえ、私の方こそ、ご心配をおかけしました。一人で、あれだけの瘴気に近づいて、初期消火をしてたのは無茶やったと思います。幸い、上手い事いって消えましたけど……。

普通は、消防官さん以外の人は、ちゃんと逃げた方がいいですもんね。すみませんでした」

美凪のあまりの素直さに、雪也は今度こそ肩をすくめる。

「……こちらこそ、すみませんでした……」

性格を疑った罪悪感いっぱいで、頭を下げるしかなかった。

ぽかんとして首を傾げる美凪に、雪也の足元で、あちゃ～と言わんばかりにごまが「うみゅ～」と鳴く。

「あの、何か……？」

「いや……。実は……」

雪也が観念して京都人云々《うんぬん》の事を話すと、美凪は困ったように微笑んだ。

「ふふふっ。それ、京都以外の人に、よう言われるんです。でも、地元からすれば、ほんまに褒めたつもりやったのに、そういうイメージがあるのか『皮肉なんでしょ？』って冷笑されがちで……。『悲しいやんなぁ？』って、実はそれが、京都人側のあるあるなんです。でも別に、ほんまに、普段は嫌味なんか言いませんよ？　ましてや火事の時に救助してくれはった人に、そんなん言うたら罰当たります」

「それならよかった……。俺、君に迷惑かけたかなって」

「まさか。助けてくれはっただけ。むしろ私がご迷惑をかけました。ほんまにありがとうございました」

美凪は笑うと愛嬌《あいきょう》がある。同時に、口調はどこか凜々しく、聡明さもある。

その二つが入り混じった美凪の神秘的な雰囲気を、雪也は心地よく思った。

例の「声」や「感情」について、彼女に質《ただ》す暇がないくらい、雪也達はごく自然に会話が盛り上がる。

「俺の方こそ、初期消火をして下さって感謝します。……何度か訊きましたけど、あれだけ火霊に近づいて、体は本当に大丈夫でした？」

「はい。自分の体に、瘴気が入らへん祈禱をしてたので。しっかり食べて、睡眠も取りました。問題なしです」

「よかった。あと、これも、昨日ちらっと聞いたけど……。君は本当に、消防団員の人？　霊力持ちで？」

「はい。お兄さんは、京都市消防局の、正規の消防官さんですよね。霊力持ちの、あやかし消防士さん」

「分かる？」

「そらぁ、だって。ご自分で消防士って名乗ってたじゃないですか。昨日の火事で、うちを助けてくれはった時のお兄さんの動きは、普通の人とは全然違いました。何より、うちを見つけた瞬間に、『要救助者発見！』って叫ばはって……。一般の方は、よう言わへん

「あぁ、確かに……！　あれは咄嗟に、口から出てたと思います」

「ですよね。頼もしかったです」

笑顔で讃《たた》える美凪に、雪也は照れ臭くなって頭を掻いた。

それに、と美凪は付け加え、

「お札を口に貼って、しっかり瘴気を防いで、可愛《かわい》くて強そうな、式神さんも連れたはったしね。絶対に、あやかし消防士さんやって思った」

と、小さい顔を下に向けてごまに笑いかけると、雪也の足元のごまが嬉しそうに鳴いた。

「うみゅーん！」

「ふふっ。めっちゃ可愛い。アザラシ君。昨日の火事の時は、龍やったよね？　可愛いアザラシから龍神さんへなんて、君はほんまに凄《すご》いね」

「うみゅんっ！」

美凪に頭を撫でられて、ごまは「どや」と言わんばかりに胸を張った。

何の式神かと問う美凪に、雪也は、ごまという名前と共に、水晶から生まれたものだと答える。

「あの、多分、その……。俺も色々、鳳さんに訊いてみたい事があって。まだ会ったばかりで、君の事をよく知らないから……」

美凪を知りたい思いで切り出すと、

「うん。うちも、お兄さんに訊いてみたい事がいっぱいある。……すみません、同い年やったよね？　敬語じゃなくてよかった、です？」

と、おずおず確かめる美凪の表情が、何だか可愛い。

雪也は少しだけ頰《ほお》が赤くなり、きゅっと胸が締め付けられた。

「お兄さんって、お名前は確か瀧本……やっけ」

「合ってるよ。瀧本。瀧本雪也。京都市消防局の、霊力消火隊で勤務してる」

「ほな、今日は、公休日なんやね」

「そう。だから君に会いに来た」

するっと出てしまった言葉に焦って、雪也は反射的に視線を逸らす。

「あ、あのっ。今のは。変な意味じゃなくて……」

「大丈夫。分かってる」

美凪は小さく首を横に振った。ふわっと風のように微笑んで、優しい眼差しを雪也に向けた。

やがて美凪が、境内の京町家を掌《てのひら》で示して、

「嫌じゃなかったら、社務所でお茶でも」

と言ってくれたので、雪也はごまを抱き上げる。

美凪もまた、こちらの存在を嫌がっていないどころか好意を持っているのだと、雪也は本能で分かってしまった。ふわふわと湧き上がるような、甘い喜びを感じてしまう。

（やばい。何か嬉しい。こういうのって何か……。漫画や映画でこう……。あるよな……？）

出会いは運命的だったけれど、まるで理想的な、普通の恋。

漫画で見ただけの知識で、あれこれ考えた雪也は嬉しく思い、胸の高鳴りを覚えたのだった。

＊

鳳一族は、江戸時代から、風戸神社を守る神職の末裔《まつえい》らしい。

現在は、美凪が社務所兼自宅に常駐して、境内を管理しているという。

風戸神社は、風の神様を祀る火消しの神社で、江戸時代の創建ゆえに、京都ではさして古くない。

あくまで、鳳一族だけが崇拝して守護するだけの、旧社格でいう無格社になるかどうかすらも微妙な、ごく私的な神社だった。

「そやし、うちは、正式な巫女って呼べるかどうか分からんくて、職業欄に書くとしたら販売員やねん。四条《しじょう》通沿いに建ってるビルの一階の、お土産屋《みやげや》さんの店員をやってる」

昨日と今日が、シフトの関係で休みなのだと、美凪は雪也とごまを奥の間に上げた後、お茶を出しながら話してくれた。

黒地に赤の線、背中には風戸神社の神紋だという扇子の図柄が大きく染め抜かれた、江戸時代の火消し半纏を模《も》した羽織が、鳳家の正装らしい。

美凪は、社務所の中でも、巫女装束の上にそれを羽織《はお》ったままだった。

「つまり鳳さんは、販売員にして、神社の巫女さんで、消防団員って事?」

「そう。でも、熱意の順番は、その逆かも」

くすりと笑う美凪を見て、雪也もお茶を飲みながら笑った。

「うちだけじゃなくて、鳳一族がそうなんやけど……。風の神様にお仕えする身やし、祈禱で火事を小さくしたり、そもそも小さい火事やったら、鎮火も出来る力を持ってるねん」

「ああ、昨日の俺が見たのは、それだったのか」

「うん。ごめんな。消防官でもないのに、紛《まぎ》らわしかったやろ」

「責める気はないけど、確かにあれはびっくりした。祝詞の声がしたから二階へ駆け上がったら、火霊の前で蹲ってたし。瘴気にやられて動けないのかと思った」

「そういう祈禱やってん。正座して背中を丸めて、じっと頭を下げる。自然の神々に額《ぬか》ずく。それが、蹲ってるように見えたんやね」

鳳家は、昔からここ神清学区で神社を世話する一族なので、社務所に住む者は代々そこの消防組織に、つまり、現在の左京消防団神清分団に加入するらしい。

諸事情で、今は一人で住む美凪も、十八歳で左京消防団神清分団に加入して研修を終えた後は、すぐに副分団長となって日々の活動に励み、今日に至るのだった。

「それって凄いよな。普通は、副分団長以上となると、多少の年季をかけた地域の年長者がやるケースが多いと思うけど」

「それが普通やと思う。それを認めてくれはる、分団の皆さんや地域の皆さんに感謝やね」

それゆえ、鳳家は昔から、左京区の消防団や一部関係者から「火消しの名門」と呼ばれ、美凪は「凮の巫女さん」と呼ばれているのだった。

京都には、地域の消防団にすら、そういう歴史に裏付けられた伝統があるのだと、雪也は心から感心した。

昨日の一件の経緯を追うと、凮戸神社での掃除を終えた美凪は、それが火消しの名門・鳳家のならわしの一つの、神清学区の巡回に出ていたという。

そこで、一軒の住宅から瘴気が上がっているのを見つけて駆け付けると、家から顔を真っ青にしたおばさんが飛び出して、代わりに、話を聞いた美凪が家の中に入った。二階の寝室に行くと、茜孔雀となった火霊が瘴気を上げていた。そこで美凪は、初期消火が出来ると判断して、その場に座して、鳳家の火消しの祈禱を行った。

その最中に雪也が寝室に駆け付けて、美凪を救助したという訳だった。

美凪の事がよく分かると、雪也は、祈禱について俄然《がぜん》興味が湧く。自分の心に声を響かせて呼んでいたのは、やはり風の巫女である美凪だと思う。

それをすぐに問うて確かめるのは容易《たやす》かったが、それを抜きにしても、雪也はもっと、消防関係者としても、美凪の事が知りたかった。

「あの時の火事は、鳳さんの祈禱の後で、湿っぽい風が吹いて鎮圧されたから……。鳳さんの霊力が風を作って、火事を吹き消したって解釈で合ってる？」

飲みかけの湯呑《ゆのみ》を置いて尋ねると、美凪は微笑んで頷いた。

「概ねは。正確には、何て言うんやろう……？　ぎゅっと祈って、すっと消えてくれる感じ？」

「分からん」

雪也が笑って首を傾げると、美凪も「そやんなぁ？」と笑って立ち上がった。

「実際に、見てもらった方が早いかも」

その時、美凪の背後の開いた襖から、小さな鳥がひょこっと顔を出しているのが見える。

深緑の目に、七色の大きな鮮やかな両翼を手のようにして、襖の縁を摑《つか》んでいる。じっと、雪也やごまを観察していた。

どう見ても普通の鳥ではなく、あやかしの類。小さな鳳凰《ほうおう》だと雪也は気づく。

ごまが、訝《いぶか》しげに唸って鳳凰を見つめて、雪也もじっと相手の出方を窺《うかが》うと、美凪が振り向いて鳳凰を抱き上げた。

「ちょうどよかった！　この子に、今から手伝ってもらお。この子が、うちの大事な式神で、カトリって言うねん。花の字に鳥って書いて、『花鳥《かとり》』ちゃん」

ごまと違って、花鳥は美凪の首に両翼を回して、

「みな。この人達、だあれー？」

と、幼女のような声で喋り出す。

「何だ。鳳さんにも、相棒の式神がいたんだ？」

「そう。昨日はここで、お留守番をしてもらっててん。ごまちゃんも可愛いけど、この子も負けてへんやろ？」

美凪が悪戯っぽく笑って、花鳥に頰ずりした。

同時に花鳥が、「わたしの方が断然可愛いよ！」とごまに言い放ったので、ごまが何故か対抗意識を燃やして雪也を誘うように見上げた後、わざとらしく、可愛く鳴く。

「逆に、変なセクシーさがあって気持ち悪いぞ」

雪也が呆《あき》れたように頰杖《ほおづえ》をつくと、ごまは怒って「うみゅん!」とそっぽを向いてしまった。

花鳥は元々、火の鳥と書いて「カトリ」だったらしく、風戸神社の祭神が美凪に下げ与えた神使だという。美凪の式神となった際に、美凪と話し合って今の漢字になったらしい。

そんな花鳥を大切な親友の如《ごと》く抱き、社務所の前に出た美凪に、雪也とごまはついていく。

美凪は、水を張ったバケツを用意して防火対策をしっかりした上で、鳳家の祈禱を実演してくれた。

「しっかり見ててな」

花鳥を自身の胸から下ろし、一本の太いロウソクに火を点《つ》けて、地面に立てる。

その場に正座して、手を合わせて口が開かれると、独特の祝詞が境内に響いた。

すると、今はからっと晴れて風が全くないはずなのに、下から湧いたように、美凪の羽織がふわっと膨らむ。

煌々《こうこう》と燃えていたロウソクの火が左右にじんわり揺れて、次第に、その身を縮めていた。

「凄い……！」

「うみゅん……⁉」

まるで、美凪の見えない両手で包まれるように、威力を弱めるロウソクの火。

その滑《なめ》らかさ、不思議さに、雪也とごまは目が離せない。

やがて、美凪が微かに、細い息を吐いて軽くぽんと一拍手すると、ロウソクの火がフッと捩じれて消えてしまった。

偶然ではなく、美凪の祈禱によるものだと、雪也は全身で感じ取る。

消えたロウソクを、花鳥が頭からぱくっと咥《くわ》えて、そのまま上を向いて息吹を出す。冷まされて、熱すら感じられなくなったロウソクを、さらに美凪がバケツの水の中に入れて、きちんと処分した。

「――こんな感じ。どう？」

祈禱を成功させて、満足そうに尋ねる美凪に、雪也とごまは「おお」と弾《はじ》けるように笑顔になって、心から拍手した。

「凄い、凄い！　火を消すあやかし消防士は、俺を含めて何人もいるけど、祈禱で火そのものを弱める人は初めて見た！」

目を輝かせる雪也を見て、美凪が照れ臭そうに微笑んで、頬に手を置いた。

美凪が自分の事を教えて祈禱の実演をしてくれると、今度は雪也が、妙原院に引っ越したばかりだと言って、己について話す番。

「俺はまだ、消防官になって二年目だから、慣れない事も多くって。要救助者への声掛けも上手くないし、消火戦術も、隊長や先輩の土台あってこそ。皆の背中を見て勉強する毎日だよ」

守秘義務に抵触しない範囲で、採用された後の消防学校時代の話や日々の職務、自分の能力について話すのを、美凪は楽しそうに聞いてくれた。

もちろん、雪也の能力も直接見せてあげたかったが、水源となりうる風戸神社の本殿は、今は祭神が留守なので使えない。

ごまが残念そうに仰向《あおむ》けになる横で、美凪が神社の巫女として、しゅんとした顔で謝った。

「……ほんまごめんな。うちとこの神様は、普段は神々の世界にいて、人間の世界に降りひん事が多いから……」

「いいよ。そういう神様もいるよ。そういう時に備えて、奥の手もあるから」

奥の手とはもちろん、非常用の呪符を使った単独放水の事である。

昨日のように呪符を、今回は口ではなく胸に貼って、ごまから水を出そうとした雪也だったが、

「それ、もしかして、昨日のうちを、助けてくれた時のやつ？」

と、呟いた美凪が、雪也を止めた。

「うん？　そうだけど？」

「自分の霊力を水源にして瘴気を防ぎつつ、ごまちゃんで放水する力やんな。昨日と今日の連続で使ったら、それ……。瀧本君がいつか、霊力切れで倒れるんちゃうの？」

さすがに消防団員の目は伊達《だて》ではないらしい。美凪はたった一度、現場で見ただけで、雪也の能力の仕組みに気づいていた。

「よく分かったなぁ。さすが。確かにそうなんだけど、ここで凰さんにちょっと見せるぐらいなら、いいかなって思ったんだ。昨日も、別に放水した訳じゃないし」

凰さんのお陰で、と雪也が言うと、美凪がほんのり頬を赤らめて、嬉しそうに俯いた。

「ありがとう。でも、瀧本君の霊力を無駄に使わせるのは、うちは何か申し訳ない。そやから、ええよ？　見せへんでも。瀧本君が凄腕《すごうで》の消防士なのは、もう知ってるから」

木漏れ日の中で顔を上げ、花鳥を抱っこして、救助された感謝を乗せて笑う美凪。

触れれば折れそうで、けれど同時に、芯が通っていて美しい。

雪也はそれを見ただけで消防士として大きな自信を持ち、呼ばれ、求められているあの感覚を、自らの全身に思い出すのだった。

「……あの……」

「何？」

例の声や感情について話しかけた雪也だったが、もし、美凪の方は雪也について何も感じておらず、見当違いだった場合の気まずさを思うと言葉に詰まってしまう。

運命的な出会いだと告げるのは、恋の告白と同じようなもの。

もし失敗して気まずい空気になってしまったら、せっかく得た美凪との仲が勿体《もったい》ないと思った。

（そうなるぐらいなら……。今はまだ、現状維持でもいいのかな）

そのまま境内で、雪也達はすっかり話し込んで、距離が縮まった。

気づけば互いに、同い年ゆえに、「美凪」「雪也」と名前で呼び合っていた。

「風の巫女としての美凪は、さっき見せてもらったけど……。消防団員としての美凪も、いつか見てみたいな」

「それやったら、ちょうど再来週に、左京消防団の総合査閲があるよ。雪也は、その日は出勤？」

「ちょっと待って。今確認する。……あ、公休日だ。上手い具合に。よかった。総合査閲って、あれだよな。各分団が集まって訓練を披露する行事。という事は、美凪も出る？」

「もちろん！　だってうちは、副分団長やもん。神清分団の代表として、うちと三人の仲間とで、動力ポンプを使った消防訓練に出るねん」

「あぁ、じゃあ、楽しみだな。絶対に行く」

呼び出しがなければ……。と言った雪也のスマートフォンに、緊急の呼び出しがかかる。

「雪也。今どこや？　悪いけど、来れるか。ちょっと厄介な火災で応援が要るねん」

堀川《ほりかわ》通と五条《ごじょう》通の交差点で、中型バスが燃える車両火災が起こっているという。

前田隊長によって雪也が呼ばれたという事は、火霊火災だった。

「呼び出し？」

通話を切った雪也の雰囲気から、事情を察したらしい美凪が尋ねる。

「ここから近くの、鹿ケ谷《ししがたに》の出張所の人達と合流して、防火服を借りて一緒に出動って言われた」

「お休みの雪也が呼ばれたんやから、結構大きめやね。火霊火災？」

「うん。出張所の人達も俺と一緒に出るらしいから、火霊火災とプラスで、実際の火災も起きてるんだと思う」

本当に燃えている方の実際の火災は、どうか小火《ぼや》であってほしいと雪也は願う。

足元で、ごまが力強く「うみゅん！」と鳴くのを雪也は抱き上げ、美凪の目を真っ直ぐ見た。

「ごめん。自分からここへ来たのに、自分の都合で帰るなんて」

謝ると、美凪が凛々しい顔で首を横に振った。

「ううん。雪也の都合なんかじゃない。――頑張って。うちは、指令を聞いた訳じゃないから、現場がどこか分からへんし、届くかどうかも分からへんけど……。花鳥と一緒に祈っとく。火災が、早く鎮まりますようにって」

その言葉を受けて、雪也は頼もしい味方を得た気がした。

「ありがとう。行ってくる！　花鳥ちゃんも、美凪と一緒に頼んだぞ」

美凪に抱っこされている花鳥が「まかせろっ！」と片翼で敬礼する。

雪也も小さく敬礼を返して奮い立ち、すぐに美凪達に背を向けて、ごまと共に神社を飛び出した。

＊

堀川五条のバスの火霊火災は順調に鎮圧が進められ、雪也も、前田隊長の指示のもと、無我夢中で消火活動にあたった。

龍となったごまから勢いよく放水する。ウォーターカッターのように水の細さを調節して、熱で固く閉じられていた自動ドアを破壊して、内側から車内全体を消火した。

後部座席にいた火霊は大型の猩々《しょうじょう》で、炎の表皮を盛《さか》んに燃やしながら、咆哮《ほうこう》と共に瘴気を吐く。

放水しても本体はなかなか消えず、猩々の吐く瘴気が車内のシートなどに引火して再び発火する。

雪也の焦りが相手にも伝わったのか、猩々が後部座席を飛び越えて、雪也に直接飛びかかって来た。

「――っ！」

その瞬間、雪也は今までに感じた事のないような恐怖を抱き、しかし冷静さだけは最後まで保《たも》って後ろに飛びのく。

炎の塊《かたまり》が自分にぶつかる衝撃、痛み、恐怖は初めてなはずなのに、雪也は猩々に体当りされる直前に、それを思い出していた。

一瞬で、あるはずのない記憶が体中を駆け巡ったからこその、飛びのきだった。

（……今……のは……⁉）

冷や汗が噴き出て、片膝をついた雪也の心臓がどくどくと速《はや》まる。

今しがたの自分が感じた記憶と恐怖、そして飛びのいた理屈が分からず困惑していると、猩々が上を向いて咆哮し、さらに炎の勢いを強くした。

（まずい！　鎮火どころか悪化した！　俺が飛びのかずに、前へ出て消していれば――）

わずかに後悔したが、悩んでも火が消える訳ではない。

雪也が自らを奮い立たせて猩々と向き合った、その時である。

雪也の中で、時間の経ち方や感覚が思い切り変化して、はっと息を呑む。

猩々に向かって、ごまで放水を行いつつ、「自分が先日、引っ越しに至った理由」を、雪也はつぶさに思い出していた。

（……京都の消防官になってから、俺は時折、幽霊に、何かを懇願されるようになった。だから俺は、お寺に、妙原院に引っ越したんだ――）

実は雪也は、京都の消防官になってから、眠ろうとすると靄のような幽霊が何体も自分の前に現れるようになり、その幽霊達がふわふわと揺れてしきりに、

「頼んだで」

「頼んだえ」

と、雪也に向かって何かを請《こ》い願っていた。

幽霊達はどれも、人形《ひとがた》ではなく淡い形をしていたので、上手く話せないのか言葉はその一言だけ。それ以外何をする訳でもなく、悲しむでもなく何を願っているかも分からず、正体すら不明だった。

そんな幽霊達に、頻繁に遭遇するようになった雪也は、前田隊長に相談してある寺院を紹介してもらい、下宿する事が決まった。

それが、神清学区の、妙原院だったのである。

妙原院の住職は雪也の相談を聞いた時、

「頼んだえ、と言うてくるって事は、雪也君にしか出来ひん事を、お願いしてるのかもしれへんな」

と言って、

「つまり、君が霊力持ちの消防士やさかい、火事を消してな、って、頼りにしてはるのかもな」

というのが、住職の結論だった。

京都では、応仁《おうにん》の乱《らん》や天明の大火、幕末の蛤《はまぐり》御門《ごもん》の変《へん》による「どんどん焼け」など、長い歴史の中で火災に遭遇した事も沢山あって、焼け野原と復興を繰り返して今の京都があるという。

それだけに京都に住む者達は、火災を防ぎ、町や自分達を守ろうという気概が殊の外強い。

新しい霊力持ちの、あやかし消防士となった雪也のもとに、昔の幽霊達が期待して寄ってきたのではないか……という訳だった。

(そうか。皆、俺の事を期待しているんだ)

期待というよりは、むしろ頼りにされている。

それが消防官なのだと雪也は肌で感じて、改めて、消防官になった自分を誇りに思ったものだった。

一しきり、自らの過去を思い返した雪也は、自分の精神世界から戻って龍の相棒をぐっと握る。

「ごま。まだ頑張れるよな」

小さく訊くと、ごまが低い鳴き声を上げた。

「ありがとう。――行くぞ！」

自らの霊力を全開にしてごまに流し、さらに強力な放水を行う。

猩々は後部座席のシートに背中からぶつかって暴れ出し、火霊浄化の証《あかし》である白い煙が上がり始めた。

それでもまだ猩々は抵抗しており、倒れるリスクを覚悟の上で、雪也がさらに霊力を流そうとした時。

不意に、雪也の耳に、さらさらという清らかな音が、聞こえた気がした。

（鈴の音……！）

神社で巫女が振る、神鈴《しんれい》の音である。

一つ、また一つと、雪也の脳内に響いてくる。

そうして。

――ゆき……。ゆきや……。

と、心の中で響いた声は、間違いなく美凪のものだった。

それと同時に、鴨川を越えて、大文字山の麓の風戸神社で、手を合わせたり祈禱用の神鈴を振る美凪の姿が、脳裏に浮かんだ。

(美凪だ……！ 美凪が背中を、押してくれている)

それが真実であると示すように、猩々の炎が明らかに小さくなって、瘴気も薄まる。

その機を逃さず、雪也はごまに声を張り上げる。

「全力だ、ごまっ！ 放水ーっ！」

ごまの口から、龍の力強い雄叫《おたけ》びが発せられる。水柱の如き放水が後部座席を制圧して、激しい白煙を上げた。

豪炎が払拭《ふっしょく》されて、火霊火災の本体である猩々が消滅し、雪也は前田隊長や他の先輩隊員達に労われる。

防火ヘルメットと狐面を取って空気を吸うと、いつものような解放感が、雪也の胸中を占めた。

しかし今回は、以前のような切なさはない。

代わりに、自分へ体当たりしてきた炎に打ち勝ち、何かを乗り越えたような達成感が、こみ上げていた。

（美凪……。終わったよ。こんなに一切、切なさのない清々《すがすが》しさは久し振りだ……。助けてくれてありがとう）

誰かではなく、美凪に心の中で呼びかける。

空を見上げて思いを馳《は》せたのは、「風の巫女」の力で自分を後押ししてくれた、美凪の健気《けなげ》な気持ちと存在だった。

幕間（二）

雪也が呼び出しを受けて、現場に向かった後。

神社に残された美凪は、花鳥と一緒に境内で手を合わせて祈った。

霊力がふわりと漂い、羽織や緋袴の裾を膨らませた。

（うちの祈禱が、風に乗って現場に届きますように。火霊火災の勢いが、少しでも鎮まりますように……）

消防団員は、消防署からの出動要請がない限りはあくまで一般人である。

ゆえに神社に残された今の美凪は、ひたすら祈る事しか出来ない。

それも、直接火災を見ていなければ、いかに特別な風の巫女の祈禱でも、効くかどうか分からなかった。

「みな。ここは、現場とは離れているみたいだし……。お祈りしても、疲れるだけかもしれないよ？」

花鳥が悪気なく指摘して、花鳥なりに心配してくれる。

しかし美凪は、手を合わせるのをやめなかった。

「花鳥。うちかて、それは分かってる。でも」

「でも？」

「……もしかしたら、遠くからでも、ほんの一瞬でも、効果が出るかもしれへんやろ。それやったら、祈るべきやと思う。……うちは、風の巫女やから」

火消しの神社を守る巫女で、消防団の副分団長を拝命している身なら、祈らないという選択肢はない。

その裏で実は、風戸神社と鳳家には複雑な、公に出来ない歴史や伝統があって、美凪があやかし達から「災いの巫女」と呼ばれているのなら。

尚更《なおさら》、その汚名を返上するために、祈りたかった。

瞳を閉じて集中すると、一瞬だけ、自分の事を嘲笑うあやかし達を思い出して胸が痛む。

「……っ」

「みな？」

「ううん。大丈夫」

すぐに美凪は気を取り直して、祈りを再開した。

自分が、もとを辿《たど》れば風の巫女ではなく「災いの巫女」で、雪也や他のあやかし消防士達のように、誇れる存在ではない事は十分わかっている。

本来ならば、消防団に所属する事自体が申し訳ないのだが、昔から神清分団の人達は優しくて、

「誰でも分《わ》け隔《へだ》てなく、皆で協力して、火を消したり人を助けるのが一番ええのや」

と言って、火消しの輪の中に入れてくれている。

そやから……。

「……そやから、うちは、火消しの祈りと消防団の活動は、全力でやるの」

美凪が真っ直ぐな目で言うと、花鳥は、

「うん、そうだね」

と屈託なく頷いて、一緒に手を合わせてくれた。

（それに、これで……。雪也の消火の助けになるんやったら。うちはどんなに離れてても祈りたい）

つい今しがた、互いに笑顔で喋っていた時の、雪也を脳裏に思い浮かべる。

美凪は手を合わせるだけでは足りないと思い、社務所から祈禱道具の神鈴を取り出して、静かに振った。

合掌や一拍手よりも、神鈴を振った方が、祈禱の効果が増すからだった。

（雪也とは、昨日始まったばかりの知り合いやけど……。消防官と消防団員には深い繫が

りがある。そしてそれ以上に、深い何かが、あると思う）

昨日、雪也と出会った時に感じたあの衝撃。

近頃になって心に響くようになった、「必ず会える」という声が、本当に雪也という男の人になって現れてくれた希望。

烏天狗達に声を潜められた時に励ましてくれた、温かな救済。

今日、雪也が風戸神社を訪ねてくれて、自分に会いに来たと言ってくれた時。

美凪は、まるで王子様が来てくれたかのように嬉しくて嬉しくて、涙が出そうになるのをぐっと堪えた。

雪也との時間に救いを見出《みいだ》したくて、少しでも平穏な時を過ごしたいと思った。

雪也は、自ら来ただけに美凪に対してとても好意的で、美凪が鳳家の事や消防団の事を話したり、祈禱の実演を見せた時など、ずっと美凪に興味を持って優しい視線を送ってくれた。

その優しさがあまりに尊くて、自分が持つ一族の複雑な背景や事情は、もはや話す気にはなれなかった。災いの巫女と呼ばれている事が知られて、雪也から距離を置かれるのが怖かった。

近頃感じていた希望の声や、雪也との運命的な出会いの衝撃さえ、変な人だと思われるのが嫌で、話すのをやめたほどだった。

美しい出会いを果たして、そこに救いを求めたからこそ、消防士として出動した雪也の力になりたかった。

一回、二回と、美凪が厳《おごそ》かな動作でゆっくり神鈴を振ると、高くて清らかな音が境内に響く。この音が届きますようにと、美凪は瞳を閉じて願った。

その時、不意に、本殿の方から風が吹いて辺りがざわめき、俄かに境内の神威が増す。神威の気配で、誰が来たかを感じ取った美凪は、ひっ、と悲鳴を上げたくなるのを必死に堪えて、

「……烈風様」

と、できる限りの冷静さを保って祈禱を一旦止めて、ゆっくり本殿と向き合った。

「……来てらしたのですね。……都の火災を鎮めるために、祈禱をさせて頂いておりました。神鈴を鳴らして、お耳を騒がしくしてしまった事を、お許し下さい」

硬い声で謝ると、本殿の神威がすうーっと消えて、辺りも静かになる。

美凪は、背中に冷や汗をかいて肩で呼吸し、けれど烈風様に知られてはならないと、長い時間をかけて治した。

足元にいた花鳥が、本殿を見上げて呟いた。

「……烈風様、いなくなっちゃった」

「うん。……また、神様の世界に戻らはったんやね……」

どうやら、戯れに人間の世界を覗いて、すぐに消えたらしい。

京の町で今、火災が起こっているのは知っているだろうに、本当に風戸神社の祭神・烈風様は人間に興味がないと、美凪は瞳から光を消して俯いた。

（そんな烈風様に……うちは……。いつか嫁ぐ……）

美凪は長い溜め息をついて顔を上げ、もう一度祈禱を行った。

＊

祈禱から、二時間半ほど経った頃だろうか。

美凪のスマートフォンの音が鳴り、画面を開いてみると、連絡先を交換していた雪也からのメッセージがある。

消火活動が無事に終わったらしく、こちらに戻って来るとの事だった。

（よかった……！　雪也も無事で……！）

その瞬間、真っ暗だった美凪の心に希望の光が差す。また、雪也の存在に救われる。

雪也が神社に帰ってくるか、連絡が来るまで待とうと思った美凪だったが、居ても立ってもいられない。

（出迎えぐらいは、してあげたいから……）

境内の掃除を簡単に済ませた後、花鳥を連れて神社を出て、左京消防署鹿ケ谷出張所に面している鹿ケ谷《ししがたに》通に向かった。

出迎えは、あくまで送り出した消防団員としての気遣いだったが、家族でもない自分が神社を出てまで会いに行って、嫌がられたらどうしようと不安になりつつ、鹿ケ谷通をあてもなく歩いたり、沿道に立って遠くを眺めてみる。

するとやがて、こちらにゆっくり歩いてくる人影が見えて、待っていた人だと分かったので、

「雪也！」

と、美凪は反射的に大声を出して手を振って、花鳥をぎゅっと抱いて走った。

出張所の人から借りて着替えたのか、紺色のジャージを着て、鞄を肩にかけている雪也も、こちらに気づいてぱっと表情を明るくする。

それまでは少し疲れた顔だったのに、自分を見た途端に元気になってくれたのが、美凪にはたまらなく嬉しかった。

駆け出す雪也の持つ鞄から、ごまが顔を出して「うみゅん！」と鳴く。

式神もろとも、無事に帰って来た事に美凪は安堵し、

「お疲れ様！　無事に火が消えたんやね⁉　ほんまによかった！」

と、雪也を見上げながら喜ぶと、雪也がうんうんと相槌《あいづち》を打った後で、感謝の眼差しを

向けた。

「守秘義務があるから、詳しくは話せないけど……。本当に大変だった。けど、全部鎮圧出来たから、ほっとしてる」

「そうやんね。ほんまにお疲れ様。今日は帰って、ゆっくり休みや」

「うん。そうする。今日も出動した関係で明日も休みになったから、一日中寝ようかな……。ところで美凪。もしかして、俺が神社を出た後で、ずっと祈禱をしてくれてたか？　鈴を振って、何度も」

言い当てられて、美凪は弾かれたように目を見開く。

「鈴を使ったって、何で分かったん？　……うちの祈り、届いてた？」

「うん。ばっちり。じゃああれは、やっぱり幻覚じゃなかったんだな……。消火中に美凪の祈る姿が頭に浮かんで、その時に一瞬、火霊の火が弱まったんだ。それに乗じて思い切り放水したから、鎮圧出来た」

「そうやったんや……」

「君の声も、しっかり聞こえた」

「うちの？」

美凪が驚いて自分の手を口に当てると、雪也が慌てて、

「あ、いや、聞こえた気がしたってだけで……」

と説明する。

「隊長や先輩達や、何より美凪の力があったから、今日の消火が成功したんだと思う。だから、美凪には感謝しなくちゃな。ありがとう。やっぱり、風の巫女の祈禱って、凄いんだな！」

笑顔の雪也に褒められて、祈禱が成功した事や力になれた嬉しさで、美凪の胸はいっぱいになる。

この時だけ、心にこびりついていた日頃のあやかし達の蔑《さげす》みが、何もかも清められて、救われた気がした。

「……ありがとう」

一生もののように、美凪は呟いた。

美凪が喜んだのも束《つか》の間《ま》、雪也がふうと小さく息をついたと思うと、

「あ、やば」

と、か細く呟いて、その場に座り込んでしまう。

「だ、大丈夫⁉」

「ごめん、情けない姿を見せて。空腹がやばくて……。要するに、エネルギー切れ」

力なく笑うのに、美凪もおろおろしながら腰を落として、雪也の背中をさすってあげた。

吐《は》き気《け》ではないらしいので意味のない行動だったが、それでも雪也は、美凪の寄り添いが嬉しかったらしい。

「ありがとう」

顔を上げて、社交辞令でなく微笑んでくれた。

昨日は非常用の呪符を使って美凪を救助し、今日も休みの日に出動した影響が、任務を終えて気が抜けた今になって、一気に出たのだろう。

「歩ける？」

美凪が頭を切り替えて、消防団員として冷静になって問うと、

「大丈夫」

と、雪也もまた消防士らしく、冷静に返事して大事ないと伝えた。

「すぐに寺に帰って、何か食べるわ」

何とか根性で立ち上がるものの、そんな雪也を放っておける訳がなかった。

主の状態は式神にも伝わるのか、ごまも疲れた顔で「うみゅうぅ……」と鳴いている。

それを見た花鳥が「大丈夫ー？」と声をかけて、美凪の腕から身を乗り出していた。

こんな状況に、美凪は少しだけ考えを巡らせて、優しく提案してみる。

「……ここから、雪也の住む妙原院さんまでは、まだ距離があると思うから……。歩くのさえ、しんどいやろ？　どこかで一旦休んで、何か、お腹《なか》に入れた方がいいん違うかな」

「うん。俺も実は、自分でもそうかなと思うんだけど……。地理はともかく、店の事は、まだ、覚えきれてなくて」

近辺に飲食店はいくつかあるが、昨日引っ越したばかりの雪也では、分からないのも当然である。

そう聞くと、美凪はもう一度、雪也を助けてあげたいと強く思う。

鹿ケ谷通沿いにある馴染《なじ》みの食事処《しょくじどころ》「京料理・銀福《ぎんぷく》」に電話して、席と料理を予約する。

「うちが昔からお世話になってるお店で、そこのおっちゃんも、神清分団の人やねん。もちろん、霊力持ちの人。今、連絡して、席も予約したし、栄養たっぷりのご飯を用意してもらうから……。一旦そこで、ご飯を食べて休もう？　今日の労いとして、うちがご馳走《ちそう》するから。もう仕事から上がって、職務中じゃないから大丈夫やんな……？」

恐る恐る説明しながら、雪也の顔を見上げて促《うなが》してみる。

すると、美味《おい》しいご飯と知った途端に、ごまが鳴いてはしゃぎ出す。

雪也も、美凪の気遣いを受けて、嬉しそうに顔を和らげてくれた。

「ありがとう。でも、奢《おご》ってもらうなんて、何か悪いな」

「そんなん、全然大丈夫！　倒れる前にちゃんとしたご飯を食べて、元気にならんと駄目やと思うし……！　あの、無理にって訳じゃなくて、嫌やったら全然いいし」

ふと気にして慌てて、美凪が付け加えると、

「嫌じゃない」

「え?」

「美凪の気持ちは、凄く嬉しい。俺も、美凪が嫌じゃなかったら、そこのお店でご飯を食べたい。その……。一緒に」

と、雪也が照れ臭そうに言ったので、美凪も頬を赤くして、幸せな気持ちで頷いた。

大文字山の麓には、京都の代表的な名刹《めいさつ》・銀閣寺がある。

「京料理・銀福」は、その近辺の鹿ケ谷通で営む福田《ふくだ》さんのお店なので、銀福という名前だった。

美凪が花鳥を抱いて、雪也とごまを連れて行くと、引き戸を開けてすぐに大柄な中年男性の店主・福田さんが出迎えてくれる。

「おっ。来た、来た。お疲れ～、美凪ちゃん! さっき電話で聞いたけど、『にしん丼《どん》』二人前でよかった?」

「はい。急やのに、ありがとうございます。お願いします!」

「了解! 任しといて～!」

福田さんは、笑顔でぐっと親指を立てた後、早速厨房《ちゅうぼう》に入って調理を始め、美凪は、雪也とごまを二階の座敷に案内する。

やがて福田さんによって、綺麗に拭かれた長方形の食卓に、ほかほかと香る名代『にしん丼』が丁寧に置かれた。

鰊蕎麦《にしんそば》は京都の名物として知られているが、鰊の丼ものは珍しい。

福田さんが、自ら厨房で身欠き鰊を炊《た》いて、タレごと白飯の上にかける手作りを三代にわたって守っているからこその、銀福ならではの京料理だった。

にしん丼を見た瞬間に、雪也は目を輝かせて喜び、少年のように無邪気に頬張《ほおば》って完食する。

「ごちそうさまでした。これが噂の京都グルメか……！　幸福の味……！」

「雪也もそう思う？　うち、ここのご飯も、お出汁《だし》も全部、めっちゃ好きやねん」

雪也の横で、ちょこんと食卓に顔を載せているごまを見ると、ごまも幸せそうに雪也のお吸い物をすすっている。

「うん……みゅう……」

目を細め、極楽といわんばかりに息を吐くと、向かい側に座る花鳥が、

「水晶の式神なのに、ご飯が食べられるの｜？」

と訊いた。

「液体ならいけるんだよ。吸収する感じかな？」

雪也が、代わりに答えてあげる風景が、美凪にはとても愛しかった。

やがて、福田さんが座敷に顔を出して、雪也が自己紹介すると、

「おっ。瀧本君も消防官なんや？　ほな今度、左京区の査閲があるのは知ってる？」

と、福田さんが尋ねたので、美凪が答える前に雪也が頷いた。

「はい。彼女から聞きました。ちょうど、その日は休みだと思うので、ぜひ見に行こうと思います」

「おっ！　嬉しいねぇ。精華大《せいかだい》のグラウンドでやってるし、朝早いけど来てや。詳しい時間は美凪ちゃんから聞いて。君ら消防局の人らに負けへんぐらい、神清分団もビシーッと決める予定やで！」

後ね、開会式では、美凪ちゃんが火消し神社の巫女さんとしてお祓いしはるよ。な？

と、福田さんが付け加えてこちらを見たので、美凪は軽く敬礼する。

「そうやねん。霊力のあるなしに関係なく、行事の一環として、神社の巫女さんとして、左京区の査閲では毎年依頼されてて……。頑張ります」

査閲の事は伝えていたが、開会式での祈禱を話す前に、雪也は呼び出された。

驚いて自分を見つめる雪也の視線が、少しだけ照れ臭かった。

「じゃあ、美凪は、消防団員としてだけじゃなくて、火消しの巫女としても出るんだな？　だったら余計に、俺は見に行かなきゃ。美凪の祈禱に助けられた身なんだし……。絶対に行くから」

手を握らんばかりに高揚する雪也を前に、美凪自身も、再来週の査閲が今までで一番楽しみになった。

席を立って、お勘定を済ませて銀福を出ると、帰り道はすっかり西日に包まれている。

「美凪。今日は本当にありがとう。祈禱はもちろん、銀福さんのご飯も凄く美味《うま》かったし、お陰様で元気になった。今日はずっと美凪に助けられたな」

感謝する雪也の瞳をじっくり見て美凪の頰が熱くなったのは、決して、日当たりのせいではない。

「ううん、全然。これぐらい……。雪也が元気になったんやし、連れて行ってよかったって思う」

「本当に美味しかった。俺、多分また行くわ」

「そうなんや」

ほな、うちも一緒に、とはさすがに言えなかったが、二人の間には何となく、一緒にまた行こうねという雰囲気がある。

雪也もまた、自分と同じように頰をほんのり赤らめていたのは陽のせいではないと、美凪は気づいていた。

（この雰囲気と、この気持ちって……。そういう事なんかな……）

格好良くて、優しくて、朗らかな雪也にどんどん惹かれていく気持ちと、真っ黒な事情を抱えている自分がなんて贅沢《ぜいたく》な、という理性が、心のなかでぶつかる。

何より、あやかし達から「災いの巫女」とさえ呼ばれる自分が、立派な消防士の雪也と関《かか》わって大丈夫なのかと、心の中の、もう一人の自分が問いかけていた。

(確かに、うちは……。でも……。でも……!)

自分の心に響いた、あの「声」の正体が、あやかし消防士の雪也なら。

少しでも雪也のそばにいて、希望を感じていたかった。

雪也と並んで歩く美凪は、それを噛《か》み締《し》めるかのように、お気に入りの歌を口ずさむ。

「それ、何の歌?」

雪也が興味を持って美凪を見てくれたので、また一つ、心にぽっと希望が灯《とも》った。

「あ、聞こえてもうた? ちょっと前に発売された、ゲームの歌。主題歌じゃなくて、エンディングの方」

「へえー、ゲームかぁ。俺、もう何年もやってないや」

「うちも全然やってへんで。友達がやってるのを聞いてん。凄くやり込む子やねん、その子。ゲームの実況をして、配信して」

「えっ、すげえ。広告料で、年収が何億とか?」

「そこまでじゃないよ。再生数、二桁《けた》やで」

噴き出すような何気ない会話すら、雪也と一緒なら甘くて楽しい。

「……雪也」

「うん？」

「……今日はほんまに、お疲れ様」

「本当だよ、全くー。明日は一日中寝る！　絶対に寝る！」

雪也の宣言に美凪は笑って、気軽にハイタッチした。

その後、暗くなるし危ないからと言って聞かない雪也に、神社まで送ってもらう。

手を振って別れ、雪也の後ろ姿が見えなくなるまで美凪は鳥居の前で立って見送り、とくとくと高鳴る胸に、そっと手を置いた。

「みなー？　どうしたの？」

「ううん。何でもない。銀福さんのご飯、美味しかったね」

「うん！」

美凪の心に気づかない花鳥が、無邪気に境内へ駆けて行った。

それを追い、小さく、切ない気持ちで歌を口ずさみながら。

美凪は、今の自分と境遇を顧みて、想《おも》いを馳せた。

（……まさか今になって、こんな出会いが、自分のもとに訪れるなんて……）

凄く、嬉しかった。

やはり、あの希望の声の主は、雪也だったのだ。

（……だからこそ。どうかもう少し。あと少しだけ……）


風の巫女、そして災いの巫女として。

神と結婚して、この世を去ってしまう前に。

雪也から貰《もら》える救いの時間が、一秒でも長く続きますように。

まだ雪也が知らない、切ない想いを胸に秘めて。

美凪は涙をこらえて振り返り、鳥居の向こうから、京の西の山に沈む夕日を眺めていた。

第三話　総合査閲と鳳家の秘密

先日の火霊火災で美凪の祈禱に助けられて、銀福に連れて行ってもらった雪也は、美凪と連絡先を交換して、頻繁にメッセージを送り合うようになった。彼女はすっかり、雪也の特別な人である。

同じ学区内に住み、おまけに片方が神社なので会いにも行きやすい。

非番や公休日に、少しでも時間があれば散歩だと言ってごまを連れ、風戸神社に足を運んだ。運よく、美凪が仕事へ行く前か帰って来た後、あるいは、休みで巫女の仕事をしている時なら、神社に参拝して想いを馳せるだけでなく、美凪本人にも会う事が出来た。

会うと必ず、美凪も嬉しそうな顔をする。

境内で、ごまや花鳥を遊ばせて、自分達はメッセージでやり取りした消防の事や日常の事など、様々な話題について改めて掘り下げるように話す時間が、雪也は好きだった。

そういう二人の会話の中で、美凪は、消防団の活動で最も大きな行事は、何と言っても年一回の査閲だと言う。

「今年は、左京区の総合査閲だけじゃなしに、うちの神清分団が左京区の代表として、京都市の総合査閲にも出るねん。応援してな」

各分団が、放水訓練などの技術を頭領たる団長に披露して、閲覧・点検してもらうのが、「総合査閲」という行事だった。

点検といっても、団長の他に複数の審査員がいて、その技術や機動力などに点数がつけられて順位も決まるので、大会のようなものらしい。

京都市の場合、行政区ごとに開催される、例でいえば左京区の「左京消防団総合査閲」や伏見《ふしみ》区の「伏見消防団総合査閲」などがあり、それとは別に、京都市全体として開催されて、各消防団の代表の分団が集う「京都市消防団総合査閲」もあった。

その左京消防団総合査閲において、美凪は、左京区の火消しの神社「風戸神社」の巫女として、開会式で参加者達にお祓いをする。開会式後は、神清分団の副分団長として出場する。

巫女としての美凪に、消防団員としての美凪。

どちらも見られる日を、雪也は自分も消防官として日々勤めつつ、心待ちにしていた。

＊

五月の中旬。

迎えた左京消防団の総合査閲の当日の空は、雲量が多いものの、随所で綺麗な青が見えている。爽やかな風も吹いているので、そのうち青空になるだろうと雪也は思った。

会場の京都精華大学は、岩倉《いわくら》に位置する実相院《じっそういん》と、上賀茂《かみがも》に位置する上賀茂神社に挟まれるような地理に建っており、山々に抱かれた静謐《せいひつ》な空気の中にある。

朝早くにごまを連れて、叡山《えいざん》電鉄鞍馬《くらま》線に乗って京都精華大前駅で降りて、大学の構内を抜けて向かったグラウンドでは、既に会場設営が完了していた。

階級章が付いた水色の消防団の制服に、制帽を被った各分団員や審査員達がそこかしこで準備して、運動会のような賑わいである。

会場にいるのは、出場者の消防団員や見物人を含めほとんど人間でも、見物人に交じって、人間の膝くらいの高さの小鬼や、人間に化けてはいるが尻尾《しっぽ》だけは出ている化け狐など、あやかし達も秘《ひそ》かに交ざっていた。

大会本部や受付、各分団の拠点となる白いテントが連なって、グラウンド中央付近には、消火訓練で使うらしい小型動力ポンプが数台置かれている。入り口付近の端には、各消防団の所有らしきポンプ車や軽トラックが駐車されており、消火のための資機材も置かれている。

放水用の水を吸い上げる吸管に、ホース、筒先、結合して延長するための金具や人命検索に使う槍《やり》のようなとび口など、消防官達が使うものとほぼ同じものが揃っていた。

消防は、地域との連携・交流が欠かせない事から、紺色にオレンジの活動服を着た左京消防署の正規の消防官達も運営を手伝っている。

人に尋ねて神清分団のテントを訪ねると、制服姿の福田さんが、

「おっ！　雪也君。こっち、こっち！」

と、手を上げて招いてくれる。霊力のある人ない人にかかわらず、他の分団員達に消防官だと紹介してくれた。

「美凪ちゃんやったら、今、あそこで準備したはるわ」

福田さんが指さしたのは、グラウンドの端に設けられている更衣室用のテントで、

「すみません。お先です」

と、澄んだ声が聞こえた直後、着替え終わった美凪が出てきた。

「わっ……」

巫女姿の神々しさに、雪也は思わず声を漏らす。

鞄の中に入っていたごまも、いつの間にか水晶からアザラシに変化して顔を出し、「うみゅん！」と美凪に拍手していた。

今この場は、神清分団の人達をはじめ大半の者が、強い繊維に動きやすい作りの消防の制服や活動服に身を包んでいる。

しかし今、開会式で、大衆にお祓いを施す美凪だけは特別で、いつも神社で見る装束よりも、さらに上質なものを纏っていた。

柔らかそうな絹の白小袖《こそで》に、鮮やかな緋袴。腰には、舞で使うのか扇子が差してある。

その上に、鳳家の正装である羽織を着用している。羽織も、祭祀用に一つ格上のものを使っているのか、見るだけで滑らかさが伝わった。

何より、綺麗に結われた黒髪の頭には、綺麗な半月状の金の天冠が着けられて、花簪《はなかんざし》で愛らしく飾られている。

願い祓えば、どんな神だって鎮められそうな巫女の純白な清らかさと、黒地に赤の羽織から伝わる火消しの闘心が合わさったような、美凪の姿。

雪也は、完璧《かんぺき》な美しさに震える感動を、どう伝えればよいか分からなかった。

「雪也、来てくれたんや。おはよう。ほんで、ありがとう」

雲間から陽《ひ》が射《さ》す中、美凪の嬉しそうな笑顔を見てようやく雪也は我に返って、

「あっ。うん。来たよ」

という、短い返事しか出来なかった事が、何とも悔《くや》しい。

元気に鳴くごまの方が、よほど話し上手だった。

「うみゅーん！　うみゅん、うみゅん！」

「ごまちゃん。うちの、この衣装を褒めてくれんのん？　ありがとう」

美凪を喜ばせたごまが、雪也に向かってドヤ顔をした。

「俺だって、今の美凪が格好いいって思ってるよ。凄く」

ごまに言った言葉が美凪に聞こえてしまい、美凪がはにかむような笑みを見せた。

「……雪也とごまちゃんに、そこまで褒めてもらったからには……。失敗しいひんように、頑張るわ」

「大丈夫。美凪なら上手く出来るよ」

雪也が激励すると、美凪が一層嬉しさに瞳を輝かせて、満面の笑みで敬礼した。


左京消防団の総合査閲は滞りなく進み、開会式では、地元・洛北《らくほく》中学校の吹奏楽部による演奏の中で、各分団やジュニア消防団などが一糸乱れぬ行進で入場する。最後尾は、イベント用の可愛い消防車型の車が飾った。

消防団は、地域の組織であっても、雪也ら消防官に近い規律や団結力がある。

各消防分団が分団旗やプラカードを持って整列すると、左京消防団全体の警防を司《つかさど》る副団長が勇ましい声で人員報告を行った。

「本日の出動団員、四百十五名！　ジュニア消防団、三十八名！　車両三台！　以上、報告終わり！」

気をつけ！　かしら右！　なおれ！　整列、休め！　などの号令で、全分団員の靴の音が一斉に鳴る。

ぴんと張ったような凛々しさの中で、左京消防団の頭領である団長が登壇し、訓示を行った。

その後、来賓者の祝辞が続く中、雪也も基本的にはじっくり耳を傾けていたが、己の職業故《ゆえ》にどうしてもグラウンドの端で係員として準備を行う消防局の人達に目がいってしまう。

「――続きまして、神清学区に鎮座しております、風戸神社の巫女・鳳美凪様によります、本査閲の開催の寿《ことほ》ぎならびに無火災祈念のお祓いを拝受致します」

というアナウンスが聞こえた瞬間に反応し、慌てて視線を壇上に戻した。

巫女装束の美凪が登壇し、江戸時代の火消しの旗印・纏《まとい》を神鈴と共に捧げ持っている。

纏は、一般的に知られる白ではなく、明らかに煤《すす》ぼけて真っ黒である事から、神社に保管されている江戸時代当時のものらしかった。

纏の先端には、丸い鏡が取り付けられている。あれも、風戸神社の本殿に祀られている神社の文化財なのだろう。

他の係員達に手伝ってもらって壇上にそれを立てた後、美凪は、降壇して分団員達の最前列に立ち、丁寧に一礼する。

「それではこれより、左京消防団長様より御命を拝しまして、風戸神社の祈禱を執り行い、皆様に加護をお授け致します」

澄み切った、芯のある声。一瞬の静寂と風が通り過ぎた後、壇上の纏と鏡に向き直って、祈禱を始めた。

鎮火の祝詞が奏上され、神鈴と扇子を使った神楽《かぐら》舞が厳かに奉奏される。

さらさらと神鈴を鳴らしながら、薫風を思わせる薄緑の扇子を広げて美凪が舞うと、微かな笛の音が聞こえてきた。誰が吹いているのかと気になった雪也が遠くを見ると、洛北中学校の吹奏楽部の一人がフルートで、神楽舞の曲を奏《かな》でていた。

雅楽でないのが珍しいと思いつつ、考えようによっては、地域の者による演奏こそが地域のお祓いに相応しい。だとすると、地域の人による演奏と共に捧げられる神楽はより一層、人間と神との懸け橋になって、結びつきを強める気がした。

神楽舞で使っている扇子とて、一般的な神楽では檜扇《ひおうぎ》なのでこれも変わっているが、羽織についている風戸神社の神紋が、風を想起させる扇子なので受け入れられる。

風戸神社、そして鳳家にも、他の京都の神社仏閣や伝統文化と同じく、歴史に裏付けられた独自の作法があるのだった。

美凪が舞う度に、その袖に爽やかな風の精達が現れて、絡んで、遊んでいるように見える。

（いや、実際に……）

霊力持ちの雪也にはそれが見えており、靄に手足が生えたような、小人のような風の精霊達が、ふわりふわりと各所に飛んで開会式全体に心地よい風を送っていた。

会場全体を清めるような美凪のお祓いを、雪也を含め、人間達は皆安らかに見守っている。

やがて、舞を終えた美凪は、整列する分団員達に振り向いて神鈴を左右に振ってお清めし、グラウンドいっぱいに二拍手の音を響かせて締め括《しくく》る。

きらり、と、金の天冠で陽光を反射させながら美凪が一礼すると、会場内から労う拍手が湧き起こった。グラウンドの端で見届けた雪也も、壇上へ届かせるように熱く手を叩いた。

美凪のお祓いの姿はとても真摯《しんし》で、どこからどう見ても清らかだった。

とても、先日の茜孔雀の火災で烏天狗達が声を潜めていたような、暗い影があるとは思えなかった。

その後、総合査閲は本番を迎え、開会式から解散した各分団・各分団員達が、ただちに次の内容に移る。

全員が整列し、消防団員手帳を取り出して収納するという、一糸乱れぬ集団行動の「通常点検」や、小型動力ポンプ操法による四人一組の放水「消防訓練」が順次催され、四つのブロック・コースに分かれて、各分団が日頃の訓練の成果を披露した。

ここでも美凪は、鳳家の娘として本領を発揮し、巫女装束から着替えて一転、制帽を被った制服姿で通常点検に出場すれば、副分団長として指揮者として、鮮やかに号令する。

「気を付けーッ」

「ヨーシッ！」

美凪のよく通る声に従って、福田さんをはじめ分団員達も、美凪と共に威勢溢れる声を出し、姿勢よく走る。

方向転換し、ぴたっと止まる。見ているこちらまで思わず背筋が伸びるような、機敏な動作だった。

美凪が、点検者たる団長の前まで走って敬礼して、

「左京消防団、神清分団！　総員十三名！　事故なし！　現在、十三名！」

と報告し、

「番号！」

と分団員達に号令をかければ、最右翼者から「一！」「二！」「三！」「四！」「五！」

……という声が上がる。

「手帳！」

「後列、四歩前に進めッ！」

などといった、美凪の号令で点検が進むと、十三名の動きの気高さに会場全体が圧倒されて、見物人だけでなく出番を待つ他の分団の者達まで拍手した。

動きの少ない点検だけでこうなのだから、実際にホースを伸ばして火点に放水する消火訓練では、さらに神清分団の手腕が光る事は、会場の誰もが予想していた。

消防訓練は、火災が起こっていると想定される場所へ指揮者が走って人命検索し、残りの一番員から三番員が、ホースを延長したり結合したり、小型動力ポンプを動かして送水し、標的たる火点に放水・消火するという内容である。

ここでも美凪は、制服から着替えて紺色にオレンジの線が入った活動服に、黒いブーツの山林靴、ヘルメットの保安帽の紐《ひも》をきっちり締めてトランシーバーを装着した姿となり、今度は指揮者ではなく二番員として出場した。

「只今《ただいま》から、小型動力ポンプ操法を実施する！　火点は前方、標的ーッ！　操作、かかれ！」

「ヨーシッ！」

指揮者の号令で、一番員、二番員の美凪、三番員が一斉に返事して行動し、無駄のない動きで協力して吸管を運んで、ビニールプールのような簡易水利に投入する。

小型動力ポンプにも繫いで、軍隊の精鋭さながらの速さで放水準備を整えた。

指揮者が、直ちにとび口を持って火点近くまで走り、家屋の戸を破るなどの想定で二回大きく振り下ろして、

「検索、よし！」

という声を張り上げると、美凪が筒先を背負い、何重にも丸めたホースを担いで駆け出した。

しっかりした足取りで延長と結合の地点に着くと、ただちにホースを下ろして鮮やかに鞭《むち》を打つように広げて、地面に走らせる。

たった一度の鞭うち動作でそれを成功させ、筒先とホースを結合したのち、指揮者の近くまで走って火災代わりの的に筒先を構えた。

「ヨーシッ！」

美凪の張りのある声が、会場いっぱいに響き渡った。

三番員も、同じように別のホースを延長して結合した後、送水が円滑に行われるように素早くホースを広げて整える。

それらの完了の合図を受けて、指揮者がトランシーバーで小型動力ポンプの操作を担う一番員に連絡し、

「指揮者から一番員。放水、始めッ！」

と合図を送れば、

「放水始め、一番員了解！　――一番員から指揮者。放水開始！」

という一番員の勇ましい合図が返り、小型動力ポンプの放水レバーが引かれた。

豪快なエンジン音と共に水が吸い上げられて、ホースを通る。

目覚めた蛇が疾走するかのように、ホースの中の水が膨らんで走る。

「ヨーシッ！」

三番員が合図した直後、美凪が支えてノズルを開いた筒先から、一気に水が放たれた。

腰を落とし、大地にまっすぐ根を下ろすように体幹と両足を踏ん張る美凪の持ち方は、よほど優れているらしい。

放水は真っ直ぐ的に命中し、水勢で、三脚で支えられているはずの的が音を立てて倒れると、会場中から驚きの声と拍手が起こった。

やがて、係員の旗によって放水停止の指示が出ると、

「指揮者から一番員。放水、やめ！」

「放水やめ、一番員了解！　――停止よし！　一番員から指揮者、放水停止！」

といった連携がトランシーバーで行われ、収納作業に移行する。

美凪も、手際よくノズルを締めて排水などの作業を行って、筒先を背負って他の者達と共に撤収した。

この訓練終了後、神清分団に拍手喝采《はくしゅかっさい》が起こったのは言うまでもなく、四人の発声や動きの無駄のなさ、何より、他者の心を震わせるような士気は、見る者の心に強く印象づいた。

現役の消防官である係員の中にも唸って話題にする人が何人かいて、そんな、火災の前線で戦う雪也らも刮目《かつもく》するほどの、実力や気迫だった。

（特に、丸めたホースを振って延長させたり、結合したり、勢いよく出る筒先を押さえて標的に当てるのは意外に難しいから……）

日頃から、資機材を熟知して触れている証拠だと、現役の消防官である雪也にはよく理解出来た。

出場した四人の中でも存在感があったのはやはり美凪であり、ホースを延長させる技術や結合の素早さ、移動の足取りの軽さに、確実に水を操る胆力、何より、それらを遂行する戦女神のような横顔が、神清分団の旗印。

旗手の美凪に引き上げられる形で、他の優れた分団員達もさらにやる気になって、相乗効果が出ているのだった。

（美凪に、こんな一面があったなんて）

出会った時や、烏天狗達に怯えていたような儚さが嘘のようである。

雪也の気持ちは今、より一層、美凪を慈しみたい想いで溢れていた。

神清分団の消防訓練は最後の組だったので、気づけば閉会式である。

美凪は、グラウンドの端の方で広げたホースを丸める収納作業を行っており、見物人に交じる雪也とは真反対のところにいた。

そこには、他の分団員達や係員などがいて、一般人は入りづらい。

彼女がこちらに戻ってから声をかけようと考えていると、

「――いました。あれです。美凪はあそこにいます」

という若い女性の声がして、雪也はふと、視線をそっちに移した。

涼しげで、細い目が特徴的な、夏の着物姿の美しい女性が遠くの美凪を指さしている。

その隣に、端正な顔立ちの若い男性が立っており、その人は夏物の羽織袴をまとっていた。

羽織には扇子の家紋が染め抜かれており、風戸神社の神紋と同じだと雪也は気づく。

あっ、と声を漏らしたのに気づいた女性が会釈したので頭を下げ、

「……鳳美凪さんの、ご家族の方ですか？」

と直感のまま尋ねると、女性が静かに頷いた。

「美凪の、姉です」

そして隣の男性を掌で示し、

「美凪の父です」

と、姉の声と同時に本人が名乗った時、雪也は思わず「えっ⁉」と衝撃を受けて目を見開き、慌ててその無礼を詫びて挨拶した。

美凪の父親は、どう見ても三十代前半より上には見えず、そうなると、姉はもちろん美凪が生まれた時でさえ、この人はもしや十代ではなかったかと考えてしまう。

それほど、父親の方は、子を持つ人というような雰囲気ではなく、姉と同じくクールな美貌《びぼう》に溢れていた。

しかし、祈禱の際や、消防訓練で見せた美凪の神秘性や凜々しさと照らし合わせてみれば、親子の似通いを感じない事もない。そう思えば、雪也も納得出来るものがあった。

（なるほど、これが火消しの名門・鳳家の人達か。じゃあこのお父さんは、いわゆる『ご当主』で……。羽織袴を着た京都の当主に、着物の姉って、漫画みたいじゃないか）

京都には、やっぱりそういう人達がいるのだと、二人をつい物珍しそうに見てしまう。

「何か」

父親が、視線を感じて低い声を発したので雪也は謝り、

「すみません。初めてお会いして、驚いてしまって……。自分は消防官で、鳳さんは、火消しの名門だと伺っていたものですから」

と言うと、代わりに答えたのは姉だった。

「そうでしたか。お世話になっております」

父親は人付き合いが苦手なのか、雪也からもう目を逸らして会場の方を眺めている。

そんな父親はもちろん、姉の方すら、いささか態度が冷たいなと感じた雪也はそれ以降話しづらくなり、雪也も、さりげなく視線を逸らして会場を見回した後で向き直ると、二人は既にいなくなっていた。

「えっ。もう帰ったのか……？」

見回しても、結局それらしい姿は見つからず、本当に査閲に顔を出すだけで帰ったらしい。

雪也が残念に思う傍《かたわ》ら、鞄の中のごまは二人のそっけない態度が気にくわなかったのか、

「うみゅん」

と低い声で一鳴きして、あんな奴《やつ》ら別に帰ってもいいと言わんばかりに丸まっていた。

「そういう人もいるんだって。人間の皆が、明るくて話し好きばかりじゃないんだぞ」

それに、クールでも優しい人だって沢山いるんだ、とごまに人間の事を説いてあげると、丸めたホースを持った美凪がやってくる。

「美凪！」

「雪也！」

顔を見てお互い、ぱっと笑顔になって手を振り合う。雪也が今日の活躍を絶賛すると、

美凪は頬を紅潮させて敬礼した。

「褒めてもらえてよかった。雪也は現役の消防官やから、駄目だしされたらどうしようって、実はずっと思ってた」

「しないよ、そんな事。むしろ俺の方が、負ける訳にはいかないなって、焦ったぐらいだし」

明日から、自分も一層頑張れそうだと伝えると、

「ほんまに？　ありがとう。うちも、明日のお仕事は目いっぱい頑張れそう」

と美凪が満面の笑みを見せて、雪也と一緒にもう一度敬礼してくれた。

充実感に溢れる美凪の顔を見て、雪也は、先ほどの事を思い出す。

「――そう言えば、さっき、美凪の家族が見に来てたよ。お父さんとお姉さん。格好いい人達だな」

「えっ？」

「俺、京都生まれじゃないから、着物の人達を見ると未《いま》だに『おおー』って感動しちゃうんだ。やっぱり、名門の人となると、何ていうかこう……。オーラが違うんだな。お姉さんは冷静沈着の和風美人って感じで着物を着こなしてたし、お父さんも、凄く顔立ちが良くて若々しかったし……」

喜ばせるつもりで笑顔で話すと、美凪は意外そうな顔をして、

「……ああ……。そうなんや……」

と、静かに目を伏せた様子は、ただ事ではなかった。

「……どうしたの？」

不安になった雪也が尋ねた時には、もう何か遅い雰囲気があり、

「ううん。何でもない。教えてくれてありがとう」

と、美凪が顔を上げて寂しげに微笑むと、それまでの澄んだ雰囲気は一変していた。

雪也はしまったと思い、個人的な領域に踏み込んでしまったと反省する。

「あの、大丈夫か？　……家族が来たって、言わない方が、よかったか？　ごめんな」

「ううん？　そんな事ないで？　──私、閉会式があるし、もう行くわ。閉会式が終わったら現地解散になるから、雪也も帰って大丈夫やしね。今日は来てくれてありがとう」

そう言って手を振り、ホースを持って神清分団のテントへ去ってゆく美凪の雰囲気は、少しだけ心を閉じて、雪也と距離を取ろうとしているようである。

「うん。じゃあ……。お疲れ、美凪」

雪也も手を振り返す事しか出来ず、地雷を踏んでしまった事実にただただ、立ち尽くすだけだった。

（何が起きたかは分からない。でも、きっと……）

あの二人が来たと、伝えない方がよかったんだ。

余計な事を言うんじゃなかったと、雪也は心の底から後悔した。

＊

左京消防団総合査閲の二週間後。

上鳥羽に位置する、京都市消防活動総合センターにて「京都市消防団総合査閲」が開催され、左京区の代表で出た美凪ら神清分団は、見事一位に輝いた。

その速報を、美凪本人からのスマートフォンのメッセージで知った時、雪也はちょうど勤務中で、詰所の一室で昼休憩を取っていた。

（おめでとう！　さすが！）

お祝いの言葉を送ると、

（ありがとう！　二位の北稲荷《きたいなり》分団の人らも凄く格好良くて、ホース延長が神業やった）

（北稲荷さんは、稲荷神社さんのお山の小火でよく出動しはる分団やし、やっぱり機動力が凄い）（他の分団も皆手際よくて、京都市の査閲は精鋭揃いでした）

という、美凪の興奮が伝わるような三つに分けての返信が、可愛い動物のスタンプと共に届く。

それを見て雪也は微笑み、美凪と神清分団の栄誉を心から喜んだ。

「……メッセージ上だと、普通なんだよなぁ……」

同時に、画面の文脈を何度も深読みして、考え込むのだった。

あの日以降、美凪の家族について、真相が今一つ分からないまま二人の仲は微妙に変化し、互いの心の結びつきは確かにあるのに、微妙な距離が出来ていた。

神社で会うと、美凪は以前のように雪也と楽しそうにお喋りするのに、時折ふと、それがいけない事だと思い出すかのように一線を引いて、「知り合い」のままでいようとする。

酷い時は、敬語に戻る時もあったので雪也は悲しみ、

「なぁ、美凪。もしかして俺、あの査閲の時に、何か失礼な事を言ったかな。だとしたら、ごめん。お父さんとお姉さんとは、俺、ほとんど喋ってないから」

と、謝りつつ窺うと、美凪は、雪也があの二人とほぼ関わっていないと知って一瞬安心した表情を見せたが、心から申し訳なさそうに首を横に振った。

「違うねん。雪也は全然悪くない。ごめんな、こっちこそ。うち、雪也の事は全然嫌いじゃないから安心して！」

美凪が断言すると、ごまと遊んでいた花鳥が低空飛行して美凪に飛びつき、

「そうだよ！　みなも私も、雪也達と一緒にいるのが楽しいよ。みなの家は、色々あるから」

と、何気にぽろっと重要な事を喋ってしまうのを美凪が遮《さえぎ》るように抱きしめ、

「そういう訳やし……。ほんまに、安心して」

と、少し寂しげに微笑めば、雪也はもう何も言えなかった。

その言葉通り、美凪本人はやはり、決して、雪也の事を嫌いではない。

むしろ時折見せる瞳の輝きやメッセージ上の雰囲気から察するに、以前と変わらず好いてくれているらしい。無意識からくる、真実の気持ちらしかった。

美凪の理性の方は、自分のそんな欲求にはっと気づいては律し、神社で話す時間を少しずつ短くしたり、何とか距離を置こうとする。

（どういう事なんだろうなぁ……。家族の事情が絡んでるっぽいから、訊きにくいし……）

美凪とは、このまま離れたくないとは思うが、雪也にはどうすればよいか分からない。

もどかしい日々を過ごしたまま、雪也は結局、京都の夏の最大の祭礼・祇園祭《ぎおんまつり》を迎えて、そこでとうとう美凪の秘密を知ったのだった。

＊

祇園祭は七月丸ごと、いつの日も、八坂《やさか》神社をはじめ町のどこかで何らかの神事・行事が行われる。

前祭《さきまつり》・後祭《あとまつり》の山鉾巡行《やまほこじゅんこう》の前の、お飾り期間である「宵山《よいやま》」もその一つ。

それぞれ三日間かけて、日が暮れれば町に駒形提灯《こまがたちょうちん》が灯されて、コンコンチキチンと祇園囃子《ぎおんばやし》が奏でられる。

平安時代から続くという、疫病《えきびょう》などを祓う由緒正しきかつ豪勢な祭なだけに、京都中はおろか世界中からも関心は高く、人出は年々増えている。

日本の祭文化を代表するこの古き良き風景に、前祭の場合は一夜に約三十万、三日間の合計では、実に約百万人が訪れるのだった。

それぞれに趣向が凝《こ》らされた山鉾を出す各町内やその近辺、いわゆる「山鉾町《やまほこちょう》」と称される宵山のエリアには、焼きそばやビールなどといった飲食物の露店も多く並んで、夜でも目の覚めるような賑わいを見せる。

そうなると当然、防犯・防災にも大規模な備えが求められ、京都府警や京都市消防局は、気合を入れて毎年多大な人員を投入する。皆一丸となって、治安維持や防災、非常時の対応などに総力を挙げて、人々や祭を守るのだった。

雪也ら霊力消火隊も、毎年、祇園祭になると特別なシフトを組んで出動する。

霊力消火隊というよりは、正規の消防官として他の消防署や部隊と合流し、紺色にオレンジの活動服を着て巡回警備する。

蒸し暑《むあつ》くも、薄紺色の月夜が美しい夜。

雪也は、前田隊長の補佐について各露店を回って挨拶し、消火器の設置の確認、使い方の指導、ガスボンベの繋ぎ方のチェックや防災の指導などを行って、安全確認や人々への啓発に精を出した。

各町内は、今やどこも煌々と明るく、屋台からの野菜や肉、粉物の香ばしい匂いが人々の間をすり抜けて食欲をそそる。

売る人、買う人、山鉾の粽《ちまき》を授与する人、お受けする人、そして楽しむ全ての人の活気ある声が、祇園囃子に交じって絶えず聞こえる。

浴衣の人も多く行き交い、雪也は、巡回警備に集中する中で、美凪の事を思い出した。

(今日は休みだから、家でゆっくりしてるのかな。それともここへ、見に来てるかも)

もし来ていたら? 誰と?

想像しかけた自分を律して、巡回警備に意識を戻した。

実は、七月に入ってから、雪也は勇気を出して一緒に宵山へ行かないかと美凪を誘ったが、京都の小売業において祇園祭の期間は一年で三指に入るほど忙しい。宵山の期間中、唯一の美凪の休みは、雪也の仕事の日。つまり今日だった。

それが分かった時、雪也は内心落胆したし、美凪も一瞬同じように残念がったが、予定が合わないなら仕方ない。

幸い、雪也の巡回警備は至って順調でどの露店の人も雪也達の指導をしっかり聞いてくれる上に、そもそも防災意識が高いので、安全対策はばっちりである。

相手にてきぱきと防災指導する前田隊長の言葉選びは勉強になり、それらの充実感が、雪也の慰めになっていた。

宵山では、京都市消防局だけでなく、地域の消防団も出動して防災に努めている。

特に、山鉾町が学区内の中京《なかぎょう》消防団明能《めいのう》分団は、雪也達同様に、紺にオレンジの線が入った活動服を着て山林靴を履き、防火パトロールを行っていた。

室町《むろまち》通沿いの、彼らの本拠地である器具庫はシャッターが開けられて一時的な詰所となっており、高張提灯と丸い赤ランプを灯して、数人の分団員が常駐している。

雪也と前田隊長が器具庫に近づくと、組織は違えど同じ消防に携わる者として、入り口に立っていた分団員達が挨拶してくれた。

雪也達も挨拶して、前田隊長が分団長と話すのを後ろから待機して眺めていると、分団員の一人の女性が遠くの知り合いに気づいたらしく、雪也越しに声をかける。

「あっ、お疲れさんどすー。今日は、活動服じゃなくて浴衣なんや。印象変わるね」

「お疲れ様です。今日は、消防団ではなく一般人として、お祭を楽しみにきました！」

間違えるはずのない、澄んだ声。

はっとした雪也が振り向くと、一眼レフカメラを持つ友達らしき女の子と浴衣で連れ立って、分団員と話す美凪がいる。

中京区の消防団の間でも、美凪の存在は知れ渡っているらしい。「先日は一位おめでとう」と分団員が褒めていた。

駒形提灯を背景に、清楚《せいそ》な空色の浴衣を着て、桃色の半幅帯を締めている美凪。

半上げの黒髪は、両側を編み込んで浴衣用にアレンジされており、千鳥や花の縮緬《ちりめん》ヘアピンが付いていた。

(——っ……!)

思いがけず遭遇した美凪と、その特別な姿に目を奪われる。

美凪が、この世で一番可愛いと思う。

すぐに美凪も、分団員越しに雪也に気づいてそっと会釈し、分団員との話を終えた後で近づいてきた。

「お疲れ、雪也。聞いてた通り、やっぱり今日は仕事なんやね」

「うん。消防官は毎年、宵山を巡回警備したり、露店指導をするから……。隣の子は、友達?」

「そう。今井芽衣《いまいめい》ちゃん。小学校の同級生やねん」

美凪が女の子を手招きし、霊力持ちだと紹介してくれる。

「あの、初めまして！　今井といいます」

緊張しながら頭を下げた今井さんは、白地に花火柄の浴衣を着ており、細い体つきでおっとりした印象だった。

「この子が、前に話したゲーム配信の子」

美凪の説明に雪也が驚くと、今井さんが「えー!?　嘘やん!?　美凪ちゃん喋ったん？」と声を上げ、正体が知られた事に焦り出す。

しかし、すぐに気持ちを切り替えて、

「よかったらチャンネル登録お願いします」

と、巾着袋《きんちゃくぶくろ》から配信者としての名刺を差し出し、雪也を視聴者に引き入れる逞《たくま》しさを見せていた。

思わぬ人との出会いに驚きつつ、雪也は、今井さんと美凪の雰囲気が似ていると感じる。小学校以来の親友同士だという。

職務中でなければ、このまま今井さんのゲーム実況の話を聞いたり、何より、先日の美凪ら神清分団のお祝いをしてあげたかったが、油を売る訳にもいかない。

「ごめんな。俺、今は仕事中だから。二人とも、混雑や熱中症に気を付けて楽しんで」

優しく、短い言葉をかけて背を向けて、既に分団長との話を終えて器具庫を離れていた前田隊長の後を追う。

雪也の言葉を受けた今井さんは丁寧にお辞儀して、美凪は雪也に小さく微笑んで、手を振っていた。

随分あっさり終わってしまったが、とはいえ宵山で奇跡的に、しかも、浴衣姿の美凪に会えた無上の喜びは、雪也の心にしっかり刻み込まれる。

（……凄く、よかったな。美凪の浴衣姿……）

小走りしないと、前田隊長と離れると頭では分かっていながら、数歩進んでまた、そっと振り返って美凪を見てしまう。

雪也と別れた二人は明能分団の人達と話しており、今井さんが微笑む傍ら、美凪が笑顔の分団員達に囲まれて、明能分団の火消しの半纏を着せてもらっていた。

恥ずかしそうに、けれど誇らしげに、くるりと回って背中を見せている。

「おぉー、凄い。下が浴衣でも、様になってるやん！」

今井さんが絶賛して美凪にカメラを向けて、分団員達も楽しそうに頷く中で、美凪も嬉しそうだった。

（どんな時でも、美凪は『美凪』なんだな）

風の巫女という、世界でただ一人の特別な存在を想うだけで、心が満たされる。

悩みが解決した訳でもないし、仕事で、美凪と宵山を歩く事も出来ないが、この遭遇だけで雪也は十分だった。

機嫌よく気持ちを切り替えて前を向き、先に移動して別の山鉾の町会所にいた前田隊長に追いつく。

「保存会の人に頼まれたし、中の防火設備を見てくるわ。すぐに終わるから待っといて」との指示を受けたので、雪也は町会所へ入る前田隊長を見送って、その場で立って待機していた。

何人もの見物人が山鉾を見上げて通り過ぎてゆき、少しだけ、時間が経った頃だろうか。

どこかで微かな、下駄《げた》の小走りの音がする。

それが近づいたと思うと、雪也の活動服の端が小さく引かれる。

驚いて振り向くと、急いでこちらに来たらしい美凪が、半纏を着たまま立っていた。

「美凪……？」

頭上で灯る、山鉾の駒形提灯にほんのり顔を照らされて、両頬が赤く染まっている。

少しだけ息を切らせて、雪也の活動服の裾をきゅっと摘まんで、こちらを見上げている。

頬が赤いのは、提灯の光や走ったせいではない。雪也と会って勇気を出している、その静かな興奮のためだった。

「ど、どうした？」

「あ、あの……っ」

照れて俯く美凪が、口を開く。

「雪也の、その、活動服……」

「あ、これ？」

「うん。雪也の、消防官としての姿って、初めて見て……！」

消え入りそうな声で紡がれたのは、心からの言葉で。

「ほんで、その……。凄く……！　……格好いい……っ」

頑張って、ありのままの気持ちを伝えた美凪の顔は、緊張で今すぐ逃げ出したいと言わんばかりに照れている。

不思議な事に、周りでは人の声や祇園囃子が耳を埋め尽くしているのに、そんな美凪の愛らしい言葉だけは、はっきり聞こえた。

「俺……が……？」

雪也もまた、小さな声で尋ねると、美凪は恋する瞳のまま、こくんと頷く。

「うちの、消防団員としての姿はもう見てもらったから、今度はうちが、雪也の、消防官としての仕事が見れてよかったなって思って……。それを雪也に、せっかく会ったんやし、伝えなあかんって思って……！　ごめんな、仕事中に引き留めて。ほんまにお疲れ様……！　雪也も暑いやろうし、熱中症に気を付けて頑張って下さい。ほんで、いつも仲良くしてくれて、ありがとう」

自分の口で、きちんと今日の労いと、日頃の親交のお礼を言うためだけに、美凪は半纏を着たまま雪也を探して、追いかけてくれたのだった。

（…………）

驚きと喜びで、雪也は胸が締め付けられる。動けなくなる。

近頃の、二人の距離について悩んでいたのは、雪也だけではなかったらしい。

美凪の素直さや優しさを受けて、雪也は完全に心を奪われた。

（そっちの方が、特別で、格好いいのに……。頼むからそんな可愛い行動力で、嬉しい事を言わないでくれよ）

舞い上がって、どうにかなってしまいそうだ。

職務中でなければ、間違いなく抱きしめていた衝動に何とか耐えて、雪也は制帽のつばを摘まんで俯きながら礼を言う。

「ありがとう。美凪も、その浴衣……凄く似合ってる。変な奴に狙《ねら》われるなよ」

皆が君を欲しがるから、と言いたくなる大胆さは抑えて微笑むと、美凪は嬉しそうに、

「そうかなぁ」

と言って、少女のようにはにかんだ。

理屈ではなく本能で、美凪と自分が両想いで、運命の二人なのだと、悟らざるを得なか

った。

照れながら小さく手を振って、小走りで今井さん達の元へ戻る美凪の後ろ姿を、雪也はじっと見つめる。

（……やっぱり俺、あの子が好きだ。美凪も、きっと……。もしこれが、俺の間違いじゃなかったら嬉しい。でも、そうなると……）

二人の間には、これから恋を始めるには、まだ少しだけ障害があって。

（査閲から今日までの美凪は、やっぱり何か事情があって、仕方なく俺と一線を引こうとしてたのかな）

だとすれば高確率で、鳳家の事情が絡んでいるだろう。その辺りを解決しなければ、健《すこ》やかな恋は出来そうもなかった。

雪也は、今夜の仕事が終わればすぐに美凪と会い、想いを伝えて話したいと思う。

（それまでは、消防官の仕事に集中しよう）

気持ちを新たに顔を上げた瞬間。

「え、何？」

「どこ？」

「――火事や、火事！　皆避難して！」

という絶叫がどこかで上がり、雪也は直ちに精神を研ぎ澄ませて駆け出した。

＊

とある山鉾の町会所のそばには、粽やグッズを授与するテントが立てられており、それに隣接する形でゴミ箱が数個並んで設置されている。

そこへ、観光客か誰かが人目を盗み、後始末の悪いタバコを入れたらしい。

中で燻《くすぶ》り、一気に燃えたのか、最初に町会所の人が気づいた時にはゴミ箱全てから黒煙が上がっていた。すぐ近くの授与品や、グッズを避難させる事は出来ても、クロスを敷いたテーブルは間に合わなかったらしい。

その後すぐ、雪也が現場に駆け付けたのだが、ゴミ箱の小火はクロスにも燃え移って勢いを増していた。

（火霊火災ではないけど、あの煙を吸ったら危ない）

中であらゆるゴミが燃え、クロスも燃えている影響で煙に交じって刺激臭がする。

あちこちで悲鳴が上がり、騒ぎが拡大する中、保存会の人達や町内の人達は既に迅速に、

「皆避難して下さい！　火事です！」

と、持っていた団扇《うちわ》で煙を防ぎつつ、周囲に叫んで避難誘導を始めている。

同時に何人かが、日頃の防災訓練に従って消火器を持ち出し、黄色の丸い栓を引き抜いていた。

雪也も直ちに、無線で前田隊長や巡回警備の本部に連絡した後、消防官の雪也を見て縋ってくる人達を落ち着かせて避難させる。町内の人から消火器を受け取ると、すぐに黄色のピンを抜いて、ノズルを火点に向けた。

活動服を着た消防官がいれば、自然と陣頭指揮をとることになる。雪也が一般人を後ろに下げるように、ゴミ箱から最も近い位置で消火器を噴射させる傍ら、保存会の人達や町内の人達も、ゴミ箱やテーブルに向けて消火器を使ったり、雪也の指示で延焼しないよう周辺の物やテーブルを退避させたり、テントや家にバケツの水をかけたりして、初期消火と延焼対策にあたった。

雪也が消火器の残量を危惧《きぐ》した時、周辺を包んでいる煙に交じって、涼しい風が一陣吹く。

天に向かって伸びようとする炎や、クロスを焼いている火が微かに、明らかに捩じれて縮んだのが見える。

(今のは)

もしや、と雪也が刹那に視線を移せば、山鉾の傍《そば》で、駆け付けた美凪が凛とした表情で手を合わせている。鳳家の祈禱が働いて、半纏や浴衣の裾がわずかになびいていた。

同時に、明能分団の人達も現場に駆け付けたのが見えたのと、遠くから消防車のサイレンの音も聞こえた加勢を雪也は逃さず利用して、炎との距離を一気に詰める。

消火器の残量を気にせず、ゴミ箱に、己の手ごと突っ込むかのようにノズルを差し入れて消火すると、より一層大きな蒸発音がした。雪也の行動と音に、「うわっ」と驚く野次馬の声が聞こえて美凪は目をぎゅっと瞑《つぶ》り、祈禱の力を強めてくれた。

雪也と美凪の秘かな連携と、町内や保存会の人達と交代した明能分団の人達らの消火活動によって、火の範囲はどんどん削られていく。

分団員達は周囲に呼び掛けて、

「何でもいいので、消火に使えるものをありったけ持って来て下さい！」

と指示を出し、美凪も祈禱の手を解いて声を上げていた。

町の随所に設置されている消火器はもちろん、民家の天ぷら油用の消火スプレーや、水に浸したタオルケット、ＡＥＤといった救急の道具まで皆が走って持ってきてくれて、美凪と共に、消火活動中の雪也達の前に置いてくれる。

「使って！」

美凪が新しい消火器を差し出すと、雪也は迷わず受け取って噴射した。

人海戦術による後方支援のお陰で消火が絶える事なく続けられ、テーブルはもちろん、ゴミ箱も、それまで上がっていた黒煙が綺麗な白煙となって匂いも薄まる。やがて、火は完全に見えなくなって、鎮圧に成功した。

時間にして、二分と経っていないだろうか。

消防隊が、とどめの完全なる消火を行って、山鉾町は安堵に包まれて元の平和を取り戻す。雪也や消防団がいたとはいえ、小火の消火は、保存会の人達や町内の人達をはじめ地域の迅速な動きによって見事に果たされた。

場の空気が一気にやわらいで、「よかったね」と喜び合う声や、野次馬からの興奮めいた拍手もぱらぱらと上がる。

雪也は一瞬、パズルのように全てがしっかり合わさって神をも超えたような、震えるような感動を覚えた。

その後、消防隊や前田隊長と一緒に現場の後処理や調査に臨んだり、初期消火の指揮を執った者として事情聴取に応じたが、興奮は全く冷めない。

（どうしてだろう。いつもと違う。まだ胸がどきどきしてる。全身の血が駆け巡ってる。俺自身が、前田隊長のように皆を指揮して消火活動をしたという嬉しさと、地域の連携で火災を防げた達成感だと思うけど……）

それらに加えてすぐ、雪也は大事な事を思い出す。

美凪の祈禱と勇姿を、離れた場所や訓練などではなく、間近で直接、実戦で見たのだと気づいた。

（それでこんなに、俺は……）

美凪の声は、今はもう、雪也の中で単に自分を求めて呼ぶ声ではなく、共に声を上げて火災と戦う頼もしい人のそれである。その瞳に涙はない。

（もう一回、もう一目でいいから美凪に会って、お礼を言わないと）

突き上げるような衝動で辺りを見渡せば美凪はおらず、その代わり、山鉾に隠れるようにして、白い靄のような人魂《ひとだま》が二、三体、ふわふわと蛍のように飛んでこちらを窺っている。

雪也ははじめ、それをただの、この近辺に居つく人魂だと思っていたが、

「やったね」

「すごいね」

と、囁《ささや》くように人魂達が近づくと、馴染みのある気配だと気づいた。

「君達は、もしかして……。俺が引っ越す前に現れていた、あの幽霊達……!?」

「そうやで」

「そうえ」

思わぬ再会に雪也は目を丸くして、幽霊達に指先で触れる。

「……少しだけ、久し振りだな。会えてびっくりしたよ。あの時は、ずっと声をかけられて寝られない日もあったけど……。君達が頼んでいたように、俺は立派に、火事を消せる

消防士になってるよ。見てたか？」

　俺だけじゃなくて、皆で。

　そう付け加えると、幽霊達は嬉しそうにふわふわ回る。

「祇園祭は、ずっと昔からあるお祭だから、火事で燃えちゃったら幽霊だって辛《つら》いよな。そうならないように、今の俺達がいるからな。安心してくれ」

　引っ越し前の事を清算するように雪也が笑顔を見せると、幽霊達は、成仏するかのように消えてゆく。

　それを見送った雪也は、すぐに前田隊長に申し出て現場を離れて、今回も祈禱によって雪也を助けた、陰の功労者たる美凪を探した。

（多分、美凪は今頃、明能分団の人達と器具庫に戻って、半纏を返してるはず。ここからそう遠くないから、走って探せばきっと間に合う）

　霊力持ちでない者には、美凪の祈禱は説明出来ない。しかし、前田隊長にならば可能である。

　説明して紹介すればさぞかし、前田隊長は美凪を褒めるだろう。いっそ、あの町内の、霊力持ちの人達にも紹介すれば、皆が美凪を褒めるに違いない。

　そんな想像をすると、心が温かくなる。

　見つけた美凪の背中は、既に半纏を返して明能分団から離れており、今井さんと合流して手を上げている。

「お疲れ、美凪ちゃん！　大丈夫やった⁉」

破顔する今井さんに対して、美凪はただ小さく手を振るだけ。

後ろ姿で表情は見えないが、火事を鎮圧出来たから美凪も笑っているだろうと思った雪也が、声をかけようとした瞬間。

美凪の体が、気力を失ったようにぐらりと揺れて、今井さんが顔を歪《ゆが》めた。

「えっ。ちょっと！　大丈夫⁉」

今井さんの悲鳴と同時に、雪也は顔を青くして駆け出す。地面に倒れそうになった美凪を、すんでのところで後ろから抱き留めた。

腕の中で仰向けにさせると、呼吸が荒く、大量の汗をかいている。それなのに、顔色は血の気が引いて真っ白だった。

「美凪」

「雪也……」

宝物を守るように、美凪を抱く腕に力を込める。

焦る気持ちを抑えて一消防士として冷静に呼び掛けると、美凪はぼんやり目を開き、掠れた声を出した。

「ごめん、ちょっと、しんどい……」

熱中症なのは明らかで、美凪は、火災という災害と戦った代わりに、熱中症という別の災害に見舞われたのだった。

雪也は迷わず無線で救急隊を手配して、前田隊長にも連絡する。それらが到着する間に、雪也は美凪の頭を自分の胸にもたれかからせ、しっかり抱き上げて近くの飲食店まで移動した。

活動服を着た消防官が、ぐったりした浴衣の子を運び込めば店内の人達は仰天し、雪也から事情を聞いた店長が素早くスタッフ達に指示を出して、応急処置の環境を整えてくれる。

畳の小上がり席に美凪を寝かせて、出来る範囲で浴衣の襟元や帯を解いて緩めてあげると、美凪の胸が大きく上下して呼吸が通った。

傍らで、心配そうに覗き込む今井さんを見て、

「芽衣ちゃん、ごめんな……」

と謝る美凪の意識は、幸いにもはっきりしていた。

今井さんはふるふると首を横に振り、自分の扇子を使って一生懸命、美凪に風を送る。

「……雪也」

「無理に喋らなくていい。救急隊を呼んでるから、心配するな。水分は取れるか？」

「うん……」

店のスタッフが、レモン果汁や食塩、砂糖などを混ぜた経口補水液を作って運んでくれる。美凪は雪也に支えられながら、自力で体を起こして飲み干した。

救急隊と前田隊長が来る間、雪也はずっと美凪の傍らについて容体が急変しないよう見守り、店の備品を借りて、体温や血圧を測って記録する。今井さんも、美凪から離れず傍にいて、時折、意識を確かめるように話しかけた。

弱々しくも、本人に意識があって動けるのなら搬送の必要はなく、救急隊員によって安全が確認されると、まだ職務中だった雪也は美凪を今井さんに託して、後ろ髪を引かれる思いでその場を離れた。

前田隊長と合流して、巡回警備を再開して職務には集中するものの、ふと気を抜けば、置いてきた美凪が心配になる。

雪也が店を出る直前、

「ありがとう。雪也のお陰で、助かった……」

「礼を言うのは俺の方だよ。さっきの火災では、美凪がいたから俺は頑張れたんだ」

と交《か》わした会話と、その際の美凪の、まだ辛そうだった表情を思い出しては胸が痛んだ。

＊

美凪を見送ったらしい今井さんと山鉾町で再び出会ったのは、巡回警備が三周目に入った時。

美凪の様子を訊きたかろうと察してくれた前田隊長が、雪也をその場に待たせて近くの保存会の人達へ挨拶しに行った。

「雪也。俺は少し、ここの保存会の人らと話してくるさかい、その間お話してたらええわ」

「はい。ありがとうございます」

前田隊長の姿が町会所の中に消えると、今井さんが丁寧にお辞儀する。

「先ほどは、美凪ちゃんを助けて下さいまして、本当にありがとうございました」

微笑む顔は、憂《うれ》いがなく穏やか。美凪が無事に、家に帰った事を物語っていた。

詳しく聞くと、雪也が店を辞した後、美凪は回復して一人で歩けるようになったらしい。タクシーで帰宅した後は、きちんと今井さんに連絡したという。

「電話では、美凪ちゃんは完全に元気そうでした。一晩休んで、明日は出勤すると言うてました」

「よかった。一時はどうなるかと……」

好きな子が元気だと分かると、胸の内の不安がすっと消える。社務所には花鳥がいるはずなので、孤独による緊急時の心配もなさそうだった。

「美凪ちゃん、残念がってました。もっとお祭を楽しみたかったって」

苦笑いする今井さんにつられて、雪也も美凪の顔を思い出す。

「そうだろうなぁ。ちょっと唇《くちびる》を突き出す顔が、目に浮かぶ」

可愛いと言いかけて口を噤《つぐ》んだが、今井さんには気づかれなかった。

「それ、美凪ちゃんの、小学校の頃からの癖なんですよ。瀧本さんの前でもやるんですね。本気で悔しい時は、逆にこう、奥歯を嚙んでぎゅっと一文字の口になりますけど」

親友ならではの話を聞いて、小学生の美凪を想像する。さぞかし可愛いんだろうな、とにやけてしまう。

はっと我に返って照れた雪也が、制帽のつばをちょっと下げて自分の顔を隠していると、

「――でも、美凪ちゃんはもうすぐ、神様と結婚するんよな」

という、衝撃的な言葉が、微かに聞こえた。

昔話をして油断して、つい口から出たらしい今井さんの顔を、雪也は気づけば凝視していた。

「……え？」

雪也の、虚を突かれたような声を聞いた今井さんもまた、

「えっ？　……あっ」

と、同じような声を出して、咄嗟に片手で口を塞いで自分のした事を後悔する。

一瞬、時が止まったように感じて、祭の喧騒《けんそう》だけが響いて耳を通り過ぎた。

雪也の顔を見た今井さんが、途端におろおろし始めた。

「あの……。すみません。今のは、忘れて下さい」

「いや、無理……かな……」

雪也は殴られたように体が動かず、今しがたの発言がずっと、脳内を駆け巡っている。

「美凪が結婚するって、今、言った……？　近い内に？　神様……と……？」

どこの？　もしかして、風戸神社の？

尋ねる雪也の様子から、今井さんは、雪也と美凪が交際していると勝手に勘違いしたらしい。

「あの、確かに私はそう、昔から聞いてるんですけど、それは何か、許嫁というか、家の伝統らしくて……。私もあんまり知らないんです。やから、この事は、あんまり美凪ちゃんとも喋ってなくて。もしかしたら、それは昔の話で、今は無効になってるかもで……」

必死に言葉を選ぶ今井さんを前に、雪也は視線を泳がせる。

単なる儀式をするだけの「伝統」ならば、今井さんがこんなに焦るはずはない。

(という事は、本当の意味での『結婚』……?)

霊力持ちの人間の世界では、実際に神様や鬼などの化け物と結ばれ、人間同士のそれと全く同じように結婚するケースが存在する。ありふれた話ではないが、あり得ない話でもなかった。

突然知ってしまった美凪の事実に、雪也は頭の中が完全に真っ白になる。周りの音が遠くなる。自分の体中の力が、すうっと抜けていくような気がする。

(美凪が……結婚……)

いつか、誰かのものになるなんて。

考えたくなかった。

それからの雪也は、どうやって今井さんと別れて巡回警備を再開したか、よく覚えていない。

職務自体は集中して、きちんとこなした事は覚えていても、どんな表情で前田隊長と詰所に帰還して着替えて、どんな足取りで帰路に就いたか、全く分からなかった。

妙原院の手前で方向を変えて、向かった先は、美凪のいる風戸神社。

大文字山の麓は真っ暗で静寂に包まれており、夜の虫の微かな鳴き声と、街灯のジジジ……という音だけが、辺りに響いていた。

陰影の鳥居の前に立ち、本当はそのまま社務所を訪《おとな》って美凪を見舞って今井さんから聞いた話を質したかったが、

（いや、俺は……。彼女と付き合っていた訳ではないし……。それに、こんな夜遅くじゃ……）

どんなに運命的な出会いを経て、運命的なものを感じていても。それは所詮《しょせん》、雪也が一人で思っているに過ぎない。そう思って、留まるだけの理性はあった。

少しだけその場で悩んだ結果、スマートフォンを取り出す。せめて見舞いはというつもりで、美凪に電話をかける。

無機質な呼び出し音が、いやに長く感じた。

「……もしもし」

「雪也？　お疲れ様。今日はありがとう。ごめんな。迷惑かけてしもて」

今井さんの言った通り、美凪は元気そうである。雪也は反射的に、ほっと息をつく。

「大丈夫。美凪が気にする必要はないよ。体調は大丈夫か？　寝てたらごめん。夜遅く

に」

「ううん。布団で横にはなってたけど、起きてた。体はだいぶよくなったよ。花鳥がいてくれるから、何かあった時の心配もないし」

「そうか。よかった」

今、雪也の心は、嵐《あらし》が来たように千々に乱れているが、それでも美凪の声を聞くと嬉しくなる。傍にいてあげたい、見舞ってその手を握りたいと思う。

雪也は一瞬、美凪は倒れたばかりなので、見舞いだけで切ろうと思ったが、

「心配ないのは分かったけど、顔が見たいから……。社務所に、行ってもいいかな」

と、意を決して求めると、

「今から？」

と、美凪の驚く声がした。

「うん。会いたい。具合の悪い美凪を、あまり一人にしたくないし」

「ありがとう。でも、それは……。花鳥がちゃんと見てくれるから。それに、今は、夜やし」

「やっぱり夜に会うと……許嫁に怒られるから？」

断られた辛さでつい口に出してしまうと、電話の向こうで、ひゅ、という美凪の息を呑む音と、酷く戸惑う気配がした。

「それ……。どこで……」

美凪は否定しない。雪也の心に、ざくりと、刺されたような痛みが走った。

「いきなり訊いてごめん。俺、さっきの巡回警備で今井さんとまた会って、美凪の結婚の事を聞いて、初めて知って」

好きだから凄くショックを受けている、とまでは、言えなかった。

「美凪がもうすぐ、神様に嫁ぐっていうのは、本当？　風戸神社の神様に？」

「……うん」

その瞬間、雪也はスマートフォンを握りしめる。静かに息を吸い、暗闇《くらやみ》の、物言わぬ鳥居を見上げる。心が潰されたような悲しみに耐え切れず、思わず目を閉じた。

「……鳳家って、もしかしてそういう家で、風戸神社も、そういう神社だったの？」

「そう。鳳家はな、京都で『天明の大火』っていう大火事が起こった時に、風の神様に祈って、延焼を止めたのが始まりやねん」

京都には「三大大火」というものがあり、とりわけ、史上最大の被害を出した江戸時代中期の「天明の大火」は、二日間にわたって延焼した。京都御所や二条城《にじょうじょう》を含む京の町の約八割が、悉く灰燼《かいじん》に帰したという。

未明に、宮川町《みやがわちょう》の団栗辻子《どんぐりのずし》から出た火は、多方面から絶え間なく吹いた強風あるいは狂風、暴風烈風によって増大した。

最長で、北は鞍馬口《くらまぐち》、東は鴨川の東、南は七条、西は千本通《せんぼん》にまで炎を延ばして焼き尽くし、鳳家の初代で、当時は西陣《にしじん》の呉服商だった村屋政二郎が住む千本今出川という地域にも、火の手が迫った。

政二郎は、町内に祀られていた小さな神社・風戸神社に祈り、自分の娘を花嫁に差し出すので延焼を止めてくれと願うと、奇跡的に町内の手前で延焼が止まった。

その後、政二郎の前に風戸神社の祭神・烈風が現れて、誓約が成立したのだった。

「――それ以降、村屋政二郎の家は、一族の娘を花嫁として烈風様に差し出すようになって、その影響か、一族から祈禱の異能を持つ人が出るようになった。政二郎の家は、風戸神社の世話をする神職として『鳳』という名字を名乗るようになった。時代の流れに合わせて、千本今出川から、左京区の神清学区に移動して、そこでも娘を花嫁に差し出す伝統は続いて……。今に至るねん」

「鳳家って、そんな家だったのか……」

風戸神社が、ただの火難除けの神社とばかり思っていた雪也は、予想以上だった歴史の深さに言葉が出ない。

そしてそれ以上に、鳳家の誓約や、伝統に従って祭神と結婚するという美凪の事実に、驚くばかりだった。

「美凪は、その結婚に、納得してるの？」

「納得？」

「つまり、同意してるかって事で……。だって、神様と結婚するんだろ？」

恐る恐る訊くと、

「……もちろん」

という、雪也の一番聞きたくなかった答えが返ってきた。

「だって、うちは、風の巫女やもん。今は特に、性別はもちろん結婚の形だって自由な時代やから……。うちが納得さえしてるんやったら、そういう結婚があってもいいやろ……？」

「そっか……。そうだよな……。霊力持ちの世界では、普通の人間同士みたいに、神様と結婚する人だって、いる訳だしな……」

「そう。先代の祭神の花嫁が亡くなって、時期が来たら新しい娘が嫁ぐ。鳳家の子と烈風様が結婚したら、人と神様の結びつきは一層強くなって、京都は火事から守られるって事」

なるほど、と頷く声が震えそうになるのを、雪也は必死に堪えた。

そこまで論理的に説明されては、雪也は何も言えない。スマートフォンを持っていない手で、そっと、シャツの胸を固く握り締める。

（俺と同じように、美凪ももしかしたら、俺の事が好きだと思ってたのに……）

日は浅くても、出会ってから今日までの時間は、一体何だったのかと悲しくなる。

それ以上に何より、雪也を呼んで、求めていた声は一体何だったのか。

（でも、美凪の方は、俺と一線を引いて距離を置こうとしてたじゃないか。結婚を待つ身だったら当たり前だ。……俺一人が、馬鹿《ばか》だったんだ。あの『声』だって、結局は……。科学で簡単に説明されるような、俺の妄想が起こしたものに過ぎなかったんだ）

あの時抱いていた悩みが、一気に解決してしまう。今までの美凪の謎《なぞ》が、許嫁の存在によって、全ての辻褄《つじつま》が合っていた。

査閲の時に来ていた美凪の父親と姉は、祭神との婚礼を控える娘の様子を見に来たのだろう。父親や姉ではなく、美凪が神社に常駐して消防団員となって、査閲で巫女として祈禱を行っていたのは、美凪が神の婚約者として、最もその立場に相応しかったからだ。

雪也から、父と姉が来ていたと聞いた美凪は、自分が許嫁を持つ娘だと改めて気づき、雪也との仲を深めていたのを恥じて慎《つつし》み深《ぶか》く友達のままでいようとしたのだろう。

雪也に見せていた、あの様々な可愛い表情は、決して雪也への好意ではなく、単なる、美凪の可愛い性格に過ぎなかったのである。

全ては自分の勘違いで、所詮はただの片想いだった。

その事に改めて気づいた雪也は、恥ずかしさのあまり穴でも土でも何でもいいから、どこかに引っ込んで消えたくなった。

風戸神社の本殿に祀られている祭神・烈風は、ほとんど人間世界には来ないらしく、雪也もまだ会った事がない。

(優しいのか。美凪を大事にしてくれるのか)

聞きたくてたまらなかったが、美凪の返答次第ではいよいよ雪也の心が死んでしまうので、結局、怖くて訊けなかった。

「婚礼は、来年、二十歳になったら挙げる予定やから、もうちょっと先やと思ってて……。それで、雪也に言うてなかってん。ごめんな。出会った直後に言うたらよかったな」

「じゃあ美凪は、来年の二十歳の誕生日を迎えたら、本当に結婚するんだな」

「うん。そうやね。相手が相手やし、お式は、人間は呼べへんと思うけど……」

そんなの行きたくないと言えば、美凪を想っているのがばれてしまう。

雪也はさらにシャツを握って耐え、心の片隅《かたすみ》で、平静を保つ自分を褒めたいと思った。

こうなったからには雪也の取る道は一つしかなく、

「美凪の結婚式が見られないのは、ちょっと残念だな。でも、まぁ……おめでとう。……って言うのは、早すぎたかな」

と、仲良しの「友達」の振りをして、明るく振る舞うだけ。

電話越しの美凪にもそれが通じたらしく、

「うん。ありがとう。でも、烈風様に嫁いだ後も、神様の世界からこっちに帰って来られるみたいやし、またいつでも会えると思うから」

と、二人の雰囲気を切り替えて一新したかのような、弾んだ声が聞こえた。

「そう……なのか」

「うん。だから……。うちが結婚するだけで、雪也や芽衣ちゃんに、何か問題が起こる訳じゃないから、安心して」

安心どころか、大問題である。

しかし、美凪が全てを受け入れている以上、もはや雪也の立場では不躾に根掘り葉掘り訊く事は出来なかったし、そんな権利もない。

火消しの神様との結婚なんてやめろ、とは、霊力持ちで、神仏の力を借りて消火する消防士の雪也には、絶対に言えなかった。

「これからも、何かあったら、俺に相談すればいいからな。消防仲間で、友達だから」

最後の部分を、自分に言い聞かせるように強調すると、美凪はそれを確かに受け取る。

「うん。ありがとう。ほなね。今日はほんまにありがとう。……ほなね」

「じゃあな。体、ちゃんと休めるんだぞ」

「御意」

最後に美凪が送った言葉は、雪也達が現場で使っているような、独特の返事。

それを最後に電話は切られ、雪也の周囲は再び静寂に包まれた。

（美凪のやつ、霊力消火隊の返事を知ってたのか。いつの間に……）

そんな悪戯《いたずら》っぽいところも好きなのに、もう消防仲間、あるいは友達でしか、いられない。

目の前の鳥居が、急に自分を隔てる壁に見えた。

（……帰ろう。いつまでも、ここにいちゃいけない）

鳥居に背を向けて、叶《かな》わぬ思いを心の奥に封じ込めて、雪也は一人妙原院に戻った。

住職に挨拶するまでは、人前という理性が働いて我慢出来ていたが、

（やばい。何だこれ。悔しくてたまらない）

と、庫裡に入った瞬間に涙腺が緩み、鼻の奥がつんとしたのを自覚して、急いで洗面所で顔を洗った。

蛇口を全開にして水をありったけ流して、冷たい水で、何度も何度も。

「……うみゅーん……」

気持ちを落ち着かせようと必死な雪也の足元に、気づけばごまがいて、心配そうに見上げていた。

「ああ。悪い、ごま。ただいま。今日は、そうだな……。本当に、大変な一日だったよ」

しゃがんで、そう呟くだけ。

雪也はただ黙って、ごまを撫でる事しか出来なかった。

幕間（三）

雪也との電話を切った美凪は、二階の寝室で、寝間着姿で布団の上に座ったまま、じっと動かない。

「……みな……？」

そっと襖が開いて、花鳥が不安そうに顔を覗かせたが、

「ごめん、花鳥。大丈夫やから……。しばらく、うちを、一人にして」

と、振り向かず襖を閉めさせた後は、蹲って、その場で泣いた。

（ごめん、雪也……。うち、ほんまは、雪也にここに来てほしかった。傍にいてほしかった。でも、うちが、烈風様に嫁ぐというのは本当の話で、うちはそういう運命に生まれた人間やからっ……！）

雪也が好きだと叫ぶ代わりに、沢山の涙を流して布団を濡《ぬ》らした。

小学校からの親友・芽衣のように、霊力持ちでも普通の家の子に生まれていたなら、こんな思いはしなかったのに。

自然に出会い、自然に惹かれた雪也を何の障害もなく好きになって、もしかしたら、結ばれていたかも、しれないのに。

やはり自分は風の巫女で、災いの巫女で、人並みの幸せなんか得られない人間だった。

そう思うと、悔しくて仕方なかった。

(でもうちは、烈風様との結婚から、逃げられへん……)

己の無力さや鳳家の宿命を恨めしく思う。

スマートフォンをぎゅっと握り締めて、胸に抱いた。

＊

美凪は、その身に風戸神社の祭神・烈風の血が流れており、ゆえに、祈禱で火を消す力を持っていた。だから美凪は、実は人間ではなく、半妖《はんよう》ならぬ「半神《はんしん》」だった。

母子家庭で母親に疎まれていた頃、美凪はその異能と霊力の高さを見込まれて鳳家の父親に引き取られて、「鳳美凪」という名前になった。

自分と明らかに距離を置いていた母親に未練はなく、自分にもようやく、温かい家庭が与えられて素敵な毎日が送れるのだと夢を見た。母親とは、それ以来一度も会っていない。

美凪が連れて来られた場所は、父親や姉が住んでいるという大阪の鳳家ではなく、京都市左京区・風戸神社。

老夫婦は、鳳家に雇われている神社の事務員兼美凪の養育係で、代々風戸神社の世話をする者だった。養育係は、地元の消防団・左京消防団神清分団に入るらしい。表向きは「祖父母」となっている二人のうち、養父の方が、神清分団の副分団長だった。

そんな不思議な家庭と風戸神社のもとで、美凪は心身ともに健やかに成長した。

美凪は養父に憧れて、大きくなったら消防団に入ると言い、養父が嬉しそうに美凪の肩を叩いて養母も微笑んだ感触と光景は、忘れられない思い出となった。


そんな美凪の人生が変わったのは、小学生の半ばの時。

ある日、美凪は畏《かしこ》まった養父母に社務所の奥座敷まで呼ばれ、鳳家の歴史と、自分が風戸神社の祭神・烈風に嫁入りする定めだと聞かされた。

江戸時代中期に起こった天明の大火の火が迫った時、鳳家の初代・村屋政二郎が風戸神社に祈り、娘を花嫁に差し出すので延焼を止めてくれと願った結果、延焼は止まった。

政二郎の前に、祭神・烈風が現れて、婚姻の誓約が成立した。

その後、政二郎は風戸神社の世話役となり、花嫁として烈風に差し出されて神の世界へ旅立った政二郎の娘は、人間ゆえに神の世界に馴染めず、子を産んだ後すぐに消滅してしまった。

生まれた男児は、烈風の眷属達によって人間世界へ落とされた。引き取るのはむろん、烈風を祀り、神社の世話をする政二郎達の役目だった。

政二郎達は、烈風には別の娘を差し出して、引き取った神の子を育てて分家とし、その分家から生まれた娘が成長すると、その子を烈風の三代目の花嫁として差し出した。

こうして、政二郎の一族には神の子が混じるようになり、やがて烈風の血を受け継いで祈禱で火を消すという異能を持つ者が現れた。

政二郎の一族は、呉服商を営みつつ風戸神社の神職であると同時に、祈禱の力でも財を成すようになった。

いつしか、政二郎の一族は屋号を鳳屋と変えて、呉服商も辞めて完全に風戸神社の神職一族となり、「鳳」という姓を名乗った。

場所も、それまでの西陣・千本今出川から広々とした左京区へ移り、神清学区の大文字山の麓で、新しい風戸神社の社と社務所を建てた。

社務所が一般的な平屋ではなく、洛中《らくちゅう》の代表的な建築形式・京町家なのは、西陣に住んでいた鳳家の出自の名残《なごり》だった。

三代目以降の花嫁は、その身に半分神の血が通っているので嫁いだ後も長生きし、死ぬまでの間に生まれた子供は人間世界に落とされた。

鳳家がその子を引き取って分家として育て、その分家から生まれた娘を烈風に嫁がせて、また生まれた子を……。

それを繰り返して、鳳家は烈風との関係を現在まで続け、花嫁を差し出す役目たる鳳の分家もまた、外で娘を作ってその娘を花嫁として差し出すようになった。

そんな誓約による伝統が複雑に重なって、今では、烈風に嫁ぐ娘は、鳳の本家から遠く離れた分家の妾《めかけ》の子の役割となった。

今回の「三十七代目」の花嫁が、祈禱の異能を持ち、烈風の血を受け継いでいると判明した美凪だった。


「ほな、うちのみなっていう名前は、数字やったん……？」


驚いて尋ねた美凪に、養父母は静かに頷いた。

美凪を引き取ったあの父親は、鳳家の、第二分家の末席の者だった。妾だった美凪の母親に金を払って甘言で落とし、「三十七代目の花嫁」となる美凪を産ませて、体が丈夫になるまで育てさせた。

つまり、初めから愛のない契りと出産だった訳で、話を聞いた美凪は、道理で母親は自分を疎んでいたはずだと、変に冷たい目で納得した。

養父母による説明は続き、風戸神社の社務所には代々、花嫁になる娘と、分家から派遣された者が暮らして婚礼の準備をするという掟があり、婚礼が済めば、社務所に住む者を一新する。本家は、事務的な作業さえすれば知らん顔。それが、鳳家の今の「伝統」だという。

歴史や出自と絡めて、思わぬ自分の縁談を聞かされた美凪は、出自はともかく結婚の方は、一度は理解し切れないほど驚いた。

しかし、当時の美凪はまだ小学生で、結婚という未来があまりにも遠すぎてその重みが分からなかった事や、

「美凪ちゃんは特別な力を持ってるから、美凪ちゃんが皆のために、立派な『風の巫女』になってほしいと思って、鳳家が引き取ってここに預けはったのよ」

「風戸神社の祭神・烈風様は、かの京都の歴史的な大火災・天明の大火で、鳳家の祈りに応えて火を止めた善良な神なんやで」

と信じて美凪を本当に愛する養父母の薦めもあって、ひとまず婚姻は、養父母の言いつけとして頷いた。

秘密の身の上は、人にそっと打ち明けたくなるのが子供心というもので、数日後、美凪は学校で、親友・今井芽衣にだけ婚姻の事を明かした。

「でも、今すぐ結婚しちゃったら、転校して芽衣ちゃんと離れるし、それは嫌やなぁ」

教室の机で片肘《かたひじ》をつくと、芽衣は「大丈夫！」と美凪の背中を叩いて、励ましてくれた。

「結婚って、大人がするものやろ？　大人の体にならんと出来ひん事もいっぱいあるし、それやったら、二十歳になるまで待って下さいって、言うたらええねん。大人達が飲んでるお酒とか、煙草《たばこ》を吸うのだって、全部二十歳になってからやもん！」

だから今は、美凪ちゃんは自由。普通に暮らして遊んでたらいい。宿題はせんならんけど。という当時の芽衣の言葉は小学生の美凪の希望・指針となり、あれが無ければ、もう少し暗い性格になっていたかもしれない。

そして後々、その言葉が、美凪を救う事になるのだった。

美凪が十六歳になると、養母が亡くなり、残った養父によって烈風との婚礼が進められた。

しかし、さすがに結婚に関してのあらゆる不安がもたげてきたので、美凪はもう一度秘かに、学校で芽衣に相談した。

事情を聞いた芽衣は、小学生の時の婚姻がまだ続いていたのかと目を丸くしたが、霊力持ちの親友として美凪を再び励まし、ひとまずは婚礼前の相手との顔合わせ、つまり、烈風との顔合わせを行ってもよいのでは、と提案してくれた。

「いくら伝統やいうても、それぐらいは、やってもらえるやろ？　相手の神様を直接見て、結婚したいと思ったらそれでもいいし、不安やったら、そうやなぁ。とりあえず、大人になる『二十歳まで待ってほしい』って、言うたらええのちゃうかな！」

芽衣の言葉に背中を押された美凪は、すぐさま養父に申し出た。

養父は、前例がない事だと言って驚いたものの、長年暮らした娘の可愛さもあって、世話役として烈風の眷属と面会して、請うてくれた。

それが通って、やがて本殿の内部にて、人間や生き物に化けた眷属達や祭神・烈風との、初めての顔合わせが実現した。

その日、烈風達と会うために養父と並んで本殿の前に立ち、神の世界である本殿の中に招き入れてもらうために目を閉じて静かに手を合わせた瞬間を、十九歳となった今の美凪は、昨日の事のように覚えている。

当時の美凪は、いつか自分の夫となる烈風の姿を想像し、容姿はさておき優しい性格で、自分を愛してくれる人であれと願っていた。

（烈風様は、どんな神様なんやろう。うちは鳳家の娘で、こんなに長く風戸神社のもとで暮らしてるのに、一度も会った事がない。横にいるおじい様さえも、眷属には会えても、烈風様には会えた事がないらしいし……）

むしろ、神へ嫁ぐという不安をかき消すために、愛してくれると信じたかった。

——しかし。

実際に会った「烈風」の印象は最悪で、生き物の姿ですらなかった。

性格も、どんなに美凪達が会話を重ねて歩み寄ろうとしても、駄目だった。

さらに、美凪の心を打ちのめしたのは、烈風は、美凪ら人間に対しては如何《いか》にも人ではないような神秘性を放って居丈高《いたけだか》だったのに、途中で、これも美凪達には理解出来ない珍事だったが、何の前触れもなく、高位らしい鷹《たか》の姿をした神が御簾《みす》を突き破って、顔合わせの場に乱入した時。

一瞬、鷹の姿を見た美凪は、これこそが本当の烈風様かと藁《わら》をも摑む思いだったが、実際は単なる全くの別の神様で、自分だけの都合で何の遠慮もなく、下位の神である烈風の本殿に入ってきたのである。

「よくぞいらっしゃいました。暴風大明神《ぼうふうだいみょうじん》様！」

烈風は、その鷹の神を見た瞬間、いかにも人間臭い言葉を発して自らはさっさと下座に下がり、眷属達と共に頭を下げて、上座に鷹の暴風大明神を座らせたのである。

それを目の当たりにした美凪はひたすら混乱するばかりで、

(烈風様……？　神様相手やと、普通に喋るの……？)

と、失望と絶望とが入り混じった目で見つめていた。

その後、繰り広げられた光景は、ただひたすらに羽織袴を着た鏡人間が、ぺこぺこと背中を丸めてへりくだって、暴風大明神の機嫌を取っているというもの。

(何か……人間みたい……)

気がつけば美凪は、微かに、乾いた笑みを浮かべていた。

暴風大明神の話は、来年の台風がどうとかで、烈風は、頭部らしい鏡と作り物のような顔を何度も床に付けながら「お供致します。どうぞ私めも」と言う。

やがて、暴風大明神が再び御簾を破って去っていくと、烈風はまた喋らなくなる。

さっきまでの、上位の神へのへりくだっていた態度は忘れたかのように上座に座り、人間の美凪達に対して、見下した態度を取るのだった。

冷静に考えれば、鳳家が神社に祈って祭神と誓約を交わしたから、天明の大火の延焼が収まった。それがなければ、吹き荒れる烈風によって、火災は続いていた。

つまり、風の祭神たる烈風の本質は、天明の大火を悪化させる「烈風」という名の自然現象で、災いの邪神だったのである。

（それを、うちら鳳家が、勝手に勘違いしてただけ……）

露になった烈風の正体を知って、美凪はすっかり心が冷えて崩壊する。

（そして、その邪神の子孫と、鳳家との娘に子が出来て……その血脈が……うちに……も……）

美凪の頭の中で、ぶつんと打ち切るような音がした。そこから先は、脳が本能的に、考えるのをやめてしまった。

（…………）

人間や花嫁は見下して、ろくに喋らず神様然として。

かと思えば、自分より上の者に対しては、露骨に態度を変えて人間世界でもよく見るような情けない姿を見せる生き物の姿ですらない烈風に、生理的な気持ち悪さを感じてしまう。

美凪は本能で、絶対にこんな存在とは結婚出来ない、暮らす事さえ出来ないと思って吐き気を催す。うっ、とえずいて背中を丸めたのを、養父が慌ててさすってくれた。

今まで、風戸神社の祭神として信仰し、亡き養母と共に美凪に結婚を薦めた養父も、実際の烈風を知って憔悴《しょうすい》している。

（本当に火消しの神なのか……？）

という疑問の目を、美凪にちらと投げかける。

（違う、違う！『災いの神』や！）

美凪が目に涙を浮かべながら激しく首を横に振ると、それを黙って見ていた女性の眷属が、

「二人とも、情けない真似《まね》はおやめなさい。烈風様は、風で火を伸ばし、あるいは吹き消す神であらせられます。火消しの神であると同時に、確かに本来は災いの神です。それ以前に『風の神』です。それ以外何がありますか」

と、美凪の気持ちを完全に見透かして、無慈悲な言葉を投げ付けた。

情けないのはどっちだと美凪は叫びかけたが、女性の眷属がきつく睨んで美凪を制して、

「天罰という言葉を知らないのですか」

と威圧したので、恐ろしさのあまり口を閉じる。

今まで養育した美凪に愛着を感じているらしい養父はすっかり項垂《うなだ》れて、知らずとはいえ、こんな婚姻を進めた事を心から後悔していた。

（これが鳳家の、婚姻の誓約の正体……）

本家も分家も、道理で皆、外で「花嫁」を作りたがるはずだと、美凪は理由を察して絶望した。

その後、美凪はどうやって切り出したかは覚えていないが、とにかく涙を流して烈風様

とは結婚出来ませんとひたすら謝り、案の定、烈風と眷属は怒り出した。

天明の大火の悪夢を見せられて、養父が死んだ。

受けた神罰の苦しさのあまり、美凪は最後には結局、結婚する事になった。

その時に、いつかの芽衣の提案が頭をよぎって一縷《いちる》の望みを託し、

「酒も煙草も呑める体となるのは、二十歳になってからと人間の法律で決まっております。二十歳にならねば、御神酒《おみき》を飲む事が出来ません。結婚は、せめて……。二十歳になるまで待って頂けないでしょうか」

と、駄目もとで願い出ると、もともと人間の世界に興味がなく、従って社会の仕組みにも疎かったらしい烈風は、あっさりこれを受け入れた。

美凪が拍子抜けしてしばらく呆然とするほど、すんなり延期の話が通った。あれだけ毎晩、しつこく見させられていた天明の大火の悪夢が、ぴたっとやんだ。

逆にそれが、人間とは全く感覚が違う気がして、美凪は恐ろしかった。

災いに呑み込まれる人間の、いかに無力な事か。

それを実感して、弁えて、全てを諦めざるをえなかった。


こうして、嫁入りは二十歳になるまで延期され、美凪は色んな事を諦めて、嫁入りは覚

悟しつつ短い自由を手に入れた。

烈風からは、おこぼれとして、死んだ養父の代わりの「火鳥《かとり》」という式神が下げ渡された。

火鳥は幼い鳳凰の式神で、美凪に好意的だった。仲良くなれたので二人で相談して、「花鳥」という表記に変える事にした。

花鳥は、純粋に花という字になれて嬉しそうだったが、美凪の方は心の中で、その名に「花嫁の鳥」という意味の、自虐的な意味を込めていた。

花鳥の存在は、予想外に美凪に安らぎを与えてくれて、あやかし達に虐げられて美凪が落ち込んでいると、花鳥が黙って寄り添ってくれた事だけが、救いだった。

＊

（……あの天明の大火の夢は、うちはもう、二度と見たくない。やからこそ、うちは仕方なく鳳家の娘として、烈風様との婚礼を受け入れた。うちの身の上が少しでも皆の役に立てればと思って、天明の大火の、烈風様の代わりの償いとして、消防団の活動も頑張ってきた。そうして婚礼の日を迎えて、心を殺して、うちの人生は終わるつもりやったのに……）

人間世界での最後の思い出として、販売員という仕事をしつつ、消防団員としての誇りある活動に励んでいた美凪の前に現れたのが、京都市消防局の、霊力消火隊のあやかし消防士・雪也。

（今のうちの、たった一つの希望……）

優しくて、冷静で、頼りになって。

誰よりも格好いい消防士。

会う度に、美凪と雪也は互いに惹かれ合い、互いを求めるように交流を重ねた。

幸いにも、烈風や眷属達は、単なる知人と恋仲の違いがよく分からないらしく、性的な接触がないからか、雪也と何度会っても咎《とが》められる事はなかった。

ともすれば、自分の婚姻の運命こそが悪夢でいつかは覚めて、雪也と結ばれるのではという現実逃避めいた願いさえ、美凪はそこに載せていた。

そんな奇跡など、あるはずがなかったのに。

二十歳の、運命の嫁入りの日は、少しずつ現実を帯びて迫っていたのに。

それに美凪が気づいたのは、五月の左京消防団総合査閲の時。

雪也から、父親と姉が来ていたと聞いて、美凪は即座に事情を察して戦慄《せんりつ》した。

何も知らない雪也は、あの二人が美凪の家族だと思っていたが、美凪は、父親とは風戸神社に連れて来られて以降会っていないし、姉に至っては一度もない。容姿の話を聞く限り、実際は恐らく烈風の、人間の姿をした男女二人の眷属に違いなかった。

祭神に嫁入り間近の娘が、風戸神社の巫女として人前で祈禱をするので、視察に来たのだろう。

同時に、眷属が人間世界に視察に来るほど、神との結婚はやはり進んでいる。逃げられない運命なのだと、美凪は察した。

「……ああ……。そうなんや……」

その時の美凪は、絶望を隠して呟くしかなく、雪也が気遣ってくれたのに、まともに答える事が出来なかった。

「……どうしたの?」

「ううん。何でもない。教えてくれてありがとう」

それ以降、美凪は自分を抑えるために雪也と「友達」でいようとし、自分が距離を取る度に雪也が悲しそうな顔をするのを見て、胸が痛んだ。

何とか、自分が雪也を嫌っていないと伝えようとして、宵山で雪也の活動服姿を褒めると、雪也は恥ずかしがっていたが、その声は嬉しさに満ちていた。

そして美凪もまた、やはり、心が幸せに満たされた。

（ああ、こんな雪也のそばにいて、ずっと笑っていたい。うち、やっぱり、雪也の事が好きなんや……）

そして雪也も、自分の事を好きなのかもしれないと気づいたが、けれど美凪はもう、雪也と恋人同士にはなれない。町を火災から守って、倒れた自分を抱いてくれたあの力強い体に触れる事は、叶わない。

雪也は一点の曇りもない立派な消防士で、対する自分は、災いの神に嫁ぐ巫女なのだから——。

（それに万が一、雪也にまで、あの悪夢の罰が下ったら……）

養父の事を思い出すと、泣きたくなるほど恐ろしかった。

せめてもの救いは、鳳家の婚姻の事情を聞いた雪也が、

「これからも、何かあったら、俺に相談すればいいからな。消防仲間で、友達だから」

と自分から言ってくれた事で、美凪は精一杯「友達」として、明るい態度を保って電話を切った。

一しきり泣いて、全てを悔《く》いた後。美凪は花鳥を呼んで抱き締めて、眠りに就いた。

（……明日から、うちと雪也は、ほんまの意味での、『友達』。友達……）

自分に言い聞かせるように心の中で繰り返し、永遠に別れるよりはと必死に前向きに考えて、瞳を閉じた。

友達同士であれば、婚礼まで縁を切らずに済む。

清らかな出会いと思い出を持って逝ける。

今はもうそれだけが、美凪の楽しみだった。

第四話　雪也の生まれた意味

美凪には、神様の許嫁がいる。

ゆえに、自分は友達でいると決めた雪也は、失恋の痛みからいっそ疎遠になって二人の仲を自然消滅させようと一度は思ったものの、やはり、美凪を求める気持ちは消せなかった。

それどころか困った事に、例の「声」が、最近はより一層心に響くのである。


――き……ゆき……様……。


まるで、私を忘れないでと言わんばかりに。私を抱きしめてと言わんばかりに。

職務中は集中しているので聞こえないが、いざ大交替を終えて帰宅して、ふと気が緩むと、切なさで胸が締め付けられる。あの澄んだ声が心の中で響く。

（これはもう、傷心した俺が起こしてる妄想だろうな……。声の主が美凪だとしても、肝心の本人にはもう相手がいるんだから……)

どんなに声が響いても、呆れるしかない。乾いた笑いを浮かべるしかなかった。

それでも尚《なお》、雪也は美凪に会いたくて、本物の声が聞きたくて。

つい、友達として連絡を取ったり、風戸神社まで足を運ぶと、同じ気持ちを抱いているらしい美凪と会う。

宵山以降は、雪也も美凪も、お互い友達でいると決めればかえって交流しやすくなり、以前よりも気軽に話せて二人の間にあった溝が消えたのは、何とも皮肉な話だった。

仕事中は、美凪の事は忘れてあやかし消防士としての点検や訓練、火霊火災の出動などに邁進《まいしん》する雪也だが、いざ職務を終えて非番や公休日になると、途端に美凪を想ってしまう。

雪也が休みで、美凪が仕事の日の時は、出会った当初に美凪から聞いて自分も足繁《あししげ》く通う地元のスーパー「メルシーマルギン」で買い物しながら、

(ここを、美凪は子供の頃から使ってるんだよな。美凪も、今日の晩御飯の材料は、ここで買うのかな)

と考えて店内を歩く美凪を想像したり、夏の青葉が揺れる哲学の道で疏水を見下ろして、

(美凪は子供の頃は、友達とここに入ってザリガニを獲《と》ったり、水遊びをして……。哲学

った。

その度に雪也は、好きだという気持ちが切なく疼いて、友達という立場をもどかしく思った。

他のことに意識を向けようとしても、結局美凪に繋がってしまう。

と、幼い頃の美凪を思い描く。

の道全体が遊び場だったって、言ってたな）

しかし懸命に、そこだけは美凪の立場を慮《おもんぱか》って耐えて、己に勝つのだった。

（俺が横恋慕したら、美凪の迷惑になるかもしれない。そんな奴にだけはなりたくない）

要は、嫌われたくない、縁だけは切られたくない。その一心だった。

仕事帰りに、にしん丼が気に入ったので雪也が通うようになった銀福の店主・福田さんも、以前は雪也達の仲の良さを気に入っていたらしいが、大人の了見で察しているらしい。

雪也が店に食べに来て、消防団員として雪也と消防についてあれこれ話をしても、必要がなければ美凪の話題は出さなかった。

失恋して、それを感づかれて気遣われるのが寂しくないと言えば嘘になるが、逆に、今の雪也にとってはありがたい。

二人の縁は平行線のまま、やがて美凪は結婚して、自分は美凪をひと夏の思い出にする事がきっとこの恋の結末なのだろうと、雪也は諦めきれない想いを無理矢理に心の底に押し込めて、必死に自分に言い聞かせていた。

＊

それから約半月後。

七月三十一日の、午後十一時。

雪也は、登山用のリュックの中にごまを入れて、京都市右京《うきょう》区・清滝《きよたき》という地域にそびえる愛宕山《あたごやま》の登山口に立っていた。

夜更けなので、登山口に構える鳥居の根元すら見えにくい。

「ごま、大丈夫か？　登山だから揺れるけど、我慢してくれよ」

雪也が気遣うと、

「うみゅーんっ！」

と、ごまは元気に前びれで敬礼し、さあ出発！　と言わんばかりに鳥居を指した。

京都には、愛宕神社という火伏の高名な神社があって、霊山・愛宕山の山頂に鎮座する愛宕信仰の総本宮である。

「火廼要慎」と書かれた愛宕神社のお札は防火の霊験あらたかで、京都の大抵の家屋に貼られている。雪也ら霊力消火隊が火霊火災と戦う際も、その加護が家屋を守って延焼を防いでくれるので大いに助かっていた。

そんな愛宕神社には、七月三十一日の夜から八月一日の早朝にかけて参拝すると、千日分の火伏や防火のご利益があると伝わる千日詣《せんにちまいり》がある。

正式には、千日通夜祭《せんにちつうやさい》という名前で、毎年この日になると、麓の清滝から山頂まで険《けわ》しい山の参道に電灯の明かりが点けられて、沢山の登拝者で賑わう。

京都の防災関連で、最も有名な伝統行事の一つがこの愛宕神社の千日詣で、山の消防警備を担う右京消防署や右京消防団の嵯峨《さが》分団などはもちろん、霊力消火隊においても欠かせない行事となっている。毎年、五つの隊から交代で、誰か一人が代表として愛宕神社まで登拝し、祭神にご挨拶して樒《しきみ》やお神酒を頂く。

今年はそれが、七月三十一日が非番で、八月一日が公休日となっている雪也の役目となり、相棒のごまを連れて、初めての愛宕山に入ったのだった。

山中は、さすがに街中よりも気温が下がって涼しいものの、登山道は決して優しくない。何より暗い。転倒や滑落、遭難の危険が常に隣り合わせで、自らの装備の懐中電灯やヘッドライトに、橙色《だいだいいろ》の蛍が連なったような電灯だけが頼りだった。

夏の虫達の鳴き声が闇にこだまする中、時に石段、時に砂利だらけの坂道を登る。

古木の根が、地面から浮き出て張り巡らされていれば、足を取られないよう注意して歩く。

登り下りですれ違う人々が、その時だけは顔を上げて、

「おのぼりやす」

「おくだりやす」

という京言葉で挨拶を交わすのは、千日詣の独特の光景だった。

もちろん雪也も挨拶し、その度に、都らしい雅《みやび》さを感じて他の登拝者達との一体感を得る。

開けた場所から、京都市内の夜景が一望出来る山頂に座す愛宕神社の境内は、本殿までの長い石段の両側を、無限に連なる高張提灯が照らしている。それを経た先に、煌々と明るく、輝くばかりの本殿があった。

足を踏み入れた中は広々としており、お守りや御朱印の授与所の周辺は、ここにようやく辿り着いて、達成感に満ちた顔の参拝者達で賑わっている。どこかで祈禱や舞が奉納《ほうのう》されているのか、雅楽の音色が聞こえていた。

人里離れた山頂にあり、しかも夜間という特殊な環境ゆえか、愛宕神社の本殿は常に俗世とは違った雰囲気が漂う。

目に優しい橙色の電灯の下、壁にもたれかかって休憩する登拝者達や、そこでうっかり眠ってしまう人、記念撮影をする人など、誰でも等しく愛宕神社は迎え入れている。由緒

正しい荘厳な神社なのに、山小屋のような安心感があった。

リュックから顔を出していたごまが、物珍しそうに辺りを見回している。

雪也は神職の人に挨拶し、霊力消火隊を代表して丁寧に本殿へお参りして日頃の感謝を念じると、

（――ようお参りでした）

という、愛宕神社の祭神達の、爽やかな声が脳内に響いた。

ここには毎年、霊力消火隊の隊員が必ずお参りに来ているので、神様達もすぐに、雪也に気づいてお声をかけてくれたらしい。

（今年もおきばりやす）

という、短くも、力強い見えぬ眼差しは霊力消火隊への激励に満ちており、雪也は心からの礼を念じてもう一度丁寧に頭を下げた後、ありがたく、樒やお神酒を頂いて本殿を辞した。

登頂からお参りまでの間、雪也は防火の神様への信心ゆえに美凪の事は全く頭になかったが、下山途中の石段の、高張提灯の明かりの下で、登山の服装に登山用のリュックを背負って小さな本を読んでいる美凪の後ろ姿が見えた時、雪也は虚を突かれたように立ち止まった。

思わぬ出会いに、胸の鼓動が速まる。数秒立ち尽くし、声をかけようかどうか迷う。

（そうか。よく考えたら、千日詣は毎年同じ日の同じ時間だから……。美凪が火消しの巫女として毎年、この山にいてもおかしくないんだ）

しかし今こうして、雪也と美凪が同じ場所にいるのは必然だったかもしれないが、山道は長いので会えたのは幸運、あるいは縁の導きという他ない。

雪也が迷っていたのは、美凪を見つけた瞬間に好きな人への想いが湧いたからで、いやいや消防仲間として、友達として挨拶するのは当たり前の礼儀だと自分に言い聞かせた雪也が、

「美凪」

と、小さく声をかけると、美凪は集中していたのか「へっ？」と肩を震わせた。

「あ、ゆき――、ひゃっ！」

振り向いた拍子に階段を踏み外して落ちそうになったのを、雪也は咄嗟に、腕と肩を摑んで引き寄せた。

結果、美凪は石段から落ちずに済んだものの、雪也の胸に頭から飛び込む形となって雪也が抱き留める。

しっかり体を支えて、美凪の安全を確保した後で、雪也はすぐに離れた。

「ご、ごめん！」

「ううん。いいねん。ありがとう」

互いに刹那に、頬を赤らめたが、ここが神域だという事を決して忘れなかった雪也達はすぐに「友達同士」になる。

「まさか、ここで会えるなんて思わなかった。今日はさすがに、巫女さんの格好じゃないんだな」

「うん。山は舐《な》めたら怖いし、ちゃんと登山の装備をして、登らんとね。うちも出会えると思ってなかった。登山とお参り、お疲れ様。もしかして霊力消火隊として、ここに来たん？」

「そうそう。美凪も、火消しの巫女として来たんだろ？　お疲れ様。おのぼりやす」

「ありがとう。でも、うちも参拝は終わったで」

「そっか。じゃあお互いに『おくだりやす』だ」

雪也達が笑い合っていると、美凪のリュックが大きく動いて、中からチャックが開けられて花鳥が顔を出す。

「おはよう、みなー」

翼の手で目を擦ったので、どうやら花鳥は今まで、美凪のリュックで寝ていたらしかった。

「何か、気づいたら、雪也と、ごまちゃんがいるー」

花鳥が楽しそうに笑うと、雪也のリュックから、ごまも嬉しそうに花鳥に手を振る。

「お前も一緒だったんだな」

雪也が微笑むと、花鳥が胸を張った。

「そうだよ。私は風戸神社のお使いの鳥で、みなの相棒だもん！」

美凪が提灯の明かりで読んでいたのは、朱色の表紙が消防を思わせる古い和綴《わと》じ本で、

「これ、『愛宕宮笥《みやげ》』っていう、昔の本の写しやねん」

との事で、風戸神社に伝わるものらしい。

愛宕山を登って、愛宕神社にお参りする習慣は江戸時代からあり、そのお参りの道中で当時の人々は防災について語り合い、情報交換した。

それを、元禄《げんろく》十二年（一六九九）に、大和屋《やまとや》猪兵衛《いへえ》という者が書物にして世に出したのが、『愛宕宮笥』だという。

それぞれのリュックに式神達を入れ、足元に注意しながら下山して、道中の木のベンチに座って休憩する。

その際、雪也が電灯で照らされた本を見せてもらうと、『愛宕宮笥』は思った以上に豊富な内容で、江戸時代当時の防火対策や消火の仕方が詳細に書かれていた。

生まれて百日の赤子は、這い回って炬燵《こたつ》に衣類を落とす事があるという注意書きや、焙《ほう》じたばかりの茶葉を仕舞うと、高温で出火する事があるので何物も熱い間は仕舞うななどは、ストーブの上に干した洗濯物が落ちて火災の原因になる事や、熱い天かすをすぐにゴ

ミ箱に捨ててしまうと発火する恐れがある事などと、概ね同じ原理である。

江戸時代の本なのに、現代にも通じるものばかりで意外に思い、雪也は感心する事しきりだった。

そんな記述が沢山ある中で、特に雪也が面白いと思ったのが、火の用心を和歌にした百首。

公の掟に畏《おそ》れ　火にはただ　臆病《おくびょう》なるを　智者《ちしゃ》と知るべし

という歌から始まり、

誤りて　火を出《いだ》すとも　うろたえず　声をば立てよ　夜も夜中も
火に臨み　スワが驚《き》覚悟は不覚悟ぞ　常にするをば　覚悟という

という具体的な防災指南の歌が多く続き、

火百首を　諳《そら》に覚えよ　気を付けば　火難は長く　非《あら》じとぞ思う

という百番目で締められているのは、全てが現代の標語としても通じるほど読みやすく、面白かった。

「凄いな、これ！　京都にこんな防災の書物があったなんて」

美凪と出会わなければ、『愛宕宮笥』は知れなかった。

千日詣で得た新たな消防の学びに雪也はわくわくし、ともすれば、隣の美凪の事さえ忘れて読みふけった。

美凪もそれを、自分も消防関係者ゆえに決して手持《ても》ち無沙汰《ぶさた》で待つ事なく、雪也と一緒に頁《ページ》をめくる。

どの項目が好きだとか、この頁の防火方法は、昔ながらの京町家が多い地域の啓発活動に使えるかも、と様々話し合ってくれるのは、雪也をさらに喜ばせた。

ふと、我に返った雪也は顔を上げて、これほど消防について誰かと話せる事を幸せに思い、この充実感は、きっと他の誰でもない美凪とでしか得られないと思う。

（それを、やっぱり運命と思っては、駄目なんだろうか……）

たとえ友情でもと願いかけて、心の中で贅沢だと自らを叱《しか》って、首を横に振った。

そして予想通り、例の「声」が心の中で響いたが、雪也はずっと無視して気づかない振りを貫《つらぬ》いた。

ベンチで雪也達が読み合う間、花鳥とごまは、リュックから顔を出したり中で眠ったりして暇を潰している。

雪也も美凪も、すっかり読書に夢中になっており、

「――ほう。『愛宕宮笥』か」

と、背後の真っ暗な茂みから、低くしわがれた、けれども威厳《いげん》たっぷりの声が聞こえた時、雪也達は背中を打たれたように立ち上がった。

声だけでも、その気配は何らかのあやかしだと分かる。雪也は茂みから距離を取りつつ、美凪を守るように背後へ移動させた。

背中越しに、美凪の戸惑うような呼吸音と、酷く怯える気配が伝わってくる。

以前、烏天狗達に陰口を叩かれた時も美凪は肩を震わせていたので、愛宕山での千日詣で揶揄されるかもという、トラウマが蘇ったようだった。

「――美凪。大丈夫。俺がいるから。怖かったら、俺の体をどこでもいいから握って」

そっと振り向いて促すと、美凪が小さく頷いて、頑張って深呼吸して雪也の腕を握る。

震えが伝わったので思わず雪也が美凪の肩を抱き寄せると、暗い茂みからゆっくりと、砂利や小枝を踏む音がして大柄の天狗が姿を見せた。

「あの、どちら様で……」

山伏姿の天狗に、雪也は警戒しながら話しかけた。

花鳥が不安そうに美凪の背中に飛びついて、ごまが勇ましく天狗を見据えて唸る。

天狗の方は、そういう態度を取られる事に慣れているのか、相手を落ち着かせるようにゆっくり両手を上げて、上下に振った。

「まぁ、そう驚くな。襲いに来たのではない。この姿から見ても分かるように、愛宕大神のもとにお参りに来た一介の天狗だ。普段は、用がなければ、人間には関わらないようにしているが……。それを読んでいる者を見たのは久々でな。それでつい、声をかけてしまった」

穏やかに指さしたのは、美凪の持っていた『愛宕宮笥』。

天狗が視線を本から美凪に移し、電灯の光で露になっている美凪の全身を見ると、「ほう」と自身の顎《あご》を撫でた。

「これは、これは。風戸神社のおん方様かな」

その瞬間、美凪が「あっ……」と身をすくめたので、

「彼女は千日詣に来たんです。既に参拝を済ませています」

と、代わりに雪也が説明すると、天狗は特に何も言う事なく、

「さようか」

とだけ言って、小さく会釈した。

美凪も、初対面の天狗に驚きつつ、そして揶揄されないと分かって安堵の表情を浮かべて頭を下げる。

美凪の背中越しに花鳥が顔を出し、

「私達の事、知ってるの？」

と、天狗に訊くと、「もちろん」と天狗が頷いた。

「この国の神仏について、私は大抵は知っている。気配で分かる。長く生きていれば、自《おの》ずとそうなる。やはり、愛宕神社の千日詣となると、都のやんごとなき方々もお見えになるのだな。実によい事だ。――では。おくだりやす」

天狗は、あまり深くは喋らず、ただただ山での礼儀として、雪也達に挨拶しただけだった。

雪也達もすぐに「おのぼりやす」と返して別れたが、天狗の方は独自のルートで登るのか、後ろ姿は再び茂みの中に消えてしまった。

見送った雪也は、気づけば美凪の肩を抱いたまま、もう片方の手で美凪の手を固く握っている。美凪もまた、恐怖から逃れようと縋るように、雪也の大きな手を握っていた。

「美凪。もう大丈夫だ。ゆっくり息を吐いて、力を抜いて」

優しく、雪也が声をかけると、美凪は気持ちを落ち着かせるように長い息を吐く。

「……ありがとう」

何かを一つ乗り越えたようにそっと笑う美凪の顔を見て、雪也は胸が締め付けられた。

（やっぱり、美凪の一族の結婚には、色々あるんだろうな……）

美凪を少しでも元気づけたいと思った雪也は、あえて明るく振る舞ってみる。

「それにしても俺、本当にびっくりしたよ。いきなり背後の茂みから来たんだもん」

「うちも。風戸神社をご存じの方やったから、もっとちゃんと、ご挨拶したらよかった」

苦笑する美凪を見て、美凪の心身に何事もなくてよかったと、そして笑顔が見られてよかったと、雪也は胸を撫で下ろす。

再開した下山の途中で急な坂道になった時、雪也は、天狗が礼儀正しく美凪達に挨拶したのを思い出して、自分も美凪を神様のように扱って自分の手を差し伸べた。

「夜明けで空が明るくなってるけど、足元はまだ暗くて危ないから……。俺を杖代わりにすればいい」

たとえ恋愛感情を封じて友人に徹しても、美凪を大切に思う気持ちに変わりはない。自分が消防士で、美凪が火を消す「凪の巫女」なら尚更だ。

それを、神様はきっと分かってくれるはずと信じた雪也の誠実さが美凪にも通じたのか、美凪も雪也の手をしっかり握ってくれて、雪也を頼りに坂道を下った。

千日詣では、登山口の清滝と嵐山周辺の各駅までの臨時バスが運行されており、雪也と美凪は同じ地域に住んでいるだけに、下山して帰宅するまでずっと一緒にバスに揺られた。

バスが嵐山を走る間、後部座席に座っていた雪也はずっと起きて窓から朝の景色を眺めていたが、リュックの中のごまと花鳥はすっかり寝入っている。

雪也の隣に座っていた美凪も、夜通しの登拝の疲れが出たのか、いつの間にか目を閉じて眠っていた。

バスは車体が大きいので、少し曲がるだけでも左右に大きく揺れる。

寝ている美凪の体が倒れそうになったのを、雪也が支えて自分の肩にもたれかからせると、下山途中で握った美凪の小さな手の感触や、今この瞬間に、自分にもたれる美凪の軽さを感じて頰が熱くなった。

雪也に負けず、自身も実は消防に熱心な美凪の事を想い、その人生の行く先を願う。

「……美凪。神様のもとに嫁いでも、幸せになれよ」

願いを込めた呟きは、美凪には聞こえない。

それでも雪也は、窓から射す朝日が、美凪の寝顔を白く照らすのを見つめながら、自分の気持ちを人知れず伝えた。

「俺にはまだ、鳳家の事情は分からないし、嫁いだ後も色々あるかもしれないけど……。君の健気《けなげ》さと凜々しさは、俺が一番よく知ってる。だから俺は、消防仲間として、友達として……。これからも支えたい。もし、辛い時があったら、俺の事を思い出してくれ。神様と喧嘩《けんか》したら、俺のもとに駆け込めばいい。俺はどんな時でもそばにいて、味方でいるから。必ず、君を助けるから……」

たとえ誰と結婚しても、俺の心はずっと、君のものだ。

そっと、声に出して伝えると、好きだという気持ちが高まってゆく。

このままだと、美凪の綺麗な髪を撫でてしまう、頬に触れてしまうと自覚した雪也は、欲を律して視線を逸らす。

（こんな友情が、俺の恋の結末なんだ。それでいいんだ……）

自分に言い聞かせつつ、美凪が倒れないよう支えつつ。

恋を諦めた雪也は、澄んで美しい嵐山の朝の、流れゆく風景を眺めていた。

その日を境に、例の「声」は、雪也の心に響かなくなった。

＊

千日詣を経た雪也と美凪は、消防仲間としての絆《きずな》がより深まり、八月以降に台風が頻発する事もあって二人の話題はほとんどが消防だった。

消防に携わる者は、火災だけでなく、大雨や台風による水防、山岳などでの救助活動も仕事の内で、特に、美凪が所属する神清分団をはじめ山の麓の消防団員達は、遭難者を助ける為に出動する事が多かった。

互いに、守秘義務に抵触しない程度に情報交換すると刺激を受け、互いの消防官、あるいは消防団員としての知識や意欲が日々高まっているように雪也は思う。

その証拠に、雪也は日頃の詰所での訓練はもちろん、指令が入った実際の現場でも目覚ましい活躍を見せるようになり、前田隊長から、近い内の昇任もあり得ると言われた時は、全身に熱いやる気の血が巡って抑え切れなかった。

仕事が終わると、じっと出来ずにその足で近くの書店へ走り、消防の専門書や雑誌はもちろん、霊力消火隊の能力も高めんとして呪術関係の本も手に取り、消防官が活躍する人気漫画も全巻大人買いして、鞄一杯に買った本を詰めて帰るほどだった。

それを風戸神社で、美凪に将来への期待も込めて打ち明けると、美凪は自分の事のように喜んでくれた。

「雪也が昇任する日、楽しみやなぁ。うちも頑張ろうっと。今度、送り火があるし」

小さくガッツポーズした後は、鳥居の外に出て、静かに眼前の大文字山を拝む。雪也も美凪を追いかけて隣に立って、それを見上げた。

八月の京都といえば、何と言ってもお盆を締め括る「五山送り火」が全国的に有名で、毎年欠かさず、地元の保存会や麓の寺院などによって行われ、芸能人のゲストを呼んだテレビ中継もある。

大文字山こと如意ヶ嶽をはじめ、京都市内の五つの地域の山に、保存会やボランティアが集まって準備する。

残暑の日没を経て定刻になると、五山の中腹に、謹んで送り火が点火される。お盆に迎えた先祖の霊や精霊達が送り火に導かれて、浄土、すなわち冥府《めいふ》に送られる。

それを見届けてのち、「もう夏も終わりやなぁ」としんみり言い合うのが、少し寂しく、けれど美しい、京都の夏の伝統文化だった。

山で火を扱う行事なだけに、送り火では毎年、五山全てに消防団や京都市消防局の者達が出動して、消防警備や残火処理などを担っている。霊力消火隊からも毎年、下鴨二番隊と嵐山五番隊が、各山に派遣されている。

当然の如く、大文字山が地元の神清分団も、大文字の送り火には毎年必ず出動し、副分団長たる美凪もその一員だった。

「送り火が点火されると、火の粉が周りの草木に付いて燃えてしまうねん。それで、うちら消防団員が、あらかじめ周辺の草に水をかけておいたり、類焼した時に消すの。こう、リュックみたいなジェットシューターを背負って放水して。ごまちゃんみたいに」

美凪が悪戯っぽい笑みでごまをおんぶすると、ごまも楽しそうに「うみゅん、うみゅん！」と一際高い笑い声を上げる。空気をぷうと吹いて、放水の真似をする。

「ああ、可愛い。霊力で火を消すごまちゃんがいてくれたら、きっと百人力やで。なぁ雪也。当日は、ごまちゃんも連れてっていい？」

「駄目だよ。送り火の日は、俺も普通に仕事で、指令が入ったら出るんだから。火事が起きた時に、ごまがいないと消火出来ない。自分で頑張ってくれ。副分団長なんだろ？」

交わし合う冗談に、「御意」と微笑んで敬礼する美凪。

保存会同様、大文字の送り火に消防組織として携わるのは、神清分団の誇りらしい。

雪也に、送り火の現場についてあれこれ話してくれた美凪は、ずっとその綺麗な瞳を輝かせていた。


送り火当日の八月十六日は、お盆の最終日とあって京都では単に人出が多いだけでなく、現世に来た幽霊達や、あやかしの類も多く滞在している。

従って、街中での火霊火災の発生もぐんと増える。

美凪に話していた通り、詰所で待機していた雪也は日没頃、本部からの指令を受けて出動した。

火霊火災の現場は、京都の花街の一つ・先斗町《ぽんとちょう》。狭い路地に並ぶ、飲食店の内の一軒だった。

時期が時期なだけに、火霊は近くにいた幽霊達の霊力を吸ってあっという間に威力を増し、その結果、火霊火災だけでなく、通常より数倍もの速さで隣の店も燃やして実際の火災に発展していた。

「お兄さん、お姉さん！　こっちどす！　早ようお逃げやす！」

店にいた従業員や客、周辺にいた観光客などは、地元の人達や芸妓《げいこ》・舞妓《まいこ》の適切な誘導で全員避難して無事だったが、けたたましいサイレンを鳴らして消防車や雪也達が駆け付けた時には、先斗町は猛煙を上げて真っ暗。燃えている建物の窓からは、炎が湾曲して飛び出していた。

もちろん瘴気も濃く、艶めく花街での火霊火災ゆえか、微かにねっとりして雪也達にまとわりつく。

幸か不幸か、騒ぎは現場だけに留まらず、南北の四条通や三条通にまで広がっていた。

先斗町は、絶えず流れる一級河川・鴨川のそばにあり、毎年夏になると、店の座敷が外へ張り出す納涼床が風物詩である。

一般に「床」と呼ばれる、張り出された座敷の非常口から逃げた客も大勢いたらしく、要救助者がいなかったのは幸いだった。

ただちに雪也達は、中京署の指揮隊長や前田隊長の指示に従って鴨川へ回り、浅い水底を掘ってポンプ車の吸管を入れ、近隣の消火栓に加えて川の水も水源にする。先斗町の狭い通路だけでなく、鴨川からも大規模な放水を行った。

霊力消火隊の一番隊も独自に動き、雪也は半透明になった後、前田隊長や先輩隊員達が延焼を防いでいる間に綱の先についた自分の金属板の呪符を鋭く投げて、流れそのものが霊力に満ちている鴨川の底に刺した。

「一番隊、瀧本から前田隊長へ！　水源よし！　放水準備よし！」

無線代わりの、狐面による霊力の会話で前田隊長らに知らせた後、張り出された座敷に登って店の窓から進入し、消火活動を始めた。

店の厨房で燃えていた火霊の種類は「火達磨」で、熱気で膨らんだ体はすっかり大きく、左右に揺らしながら呪文を唱えて炎や瘴気を放っている。

「ごま、行くぞ！」

「うみゅん！」

雪也がごまで力強く放水すると相手は「ぶええ」と叫び声を上げて悶《もだ》え、その場で転がって火勢を弱める。

それでも火達磨は抵抗してより大声で呪文を唱え出し、熱気と瘴気はもちろん、自らも転がって雪也を潰そうとした。

「――っ！」

「瀧本、一歩下がれ！」

路上側から進入して駆け付けた、狩衣の消火装束を着た先輩隊員が雪也の周りに水の結界を張って守り、先輩隊員の式神の、水で出来た大山椒魚《おおさんしょううお》が跳ねて火達磨に体当たりする。

「大丈夫か⁉」

「はい！　ありがとうございます！」

それらの援護で雪也は倒れずに済んだものの、厨房に渦巻く火炎の熱気は限界値を迎えている。水の結界も山椒魚の式神もあっという間に蒸発し、防火服や防火装束を着ているにもかかわらず雪也達の肌がひりひり痛んだ。

ここで一気に決着をつけるため、雪也は腹を括り、両足を踏ん張って火達磨を見据える。

闘いへの覚悟が高まって咄嗟に、

「火に臨み　スワ《驚き》が覚悟は不覚悟ぞ　常にするをば　覚悟という」

と早口で、千日詣の時に覚えた『愛宕宮笥』の歌を呟くと、それが言霊《ことだま》となって雪也の全身を駆け巡った。

ごまの力に変換され、龍のごまの咆哮が、一瞬盛大に厨房に響く。大口を開けたごまから、霧状の水が大量噴射された。

それが刹那に、瘴気や炎を一掃して気温を下げる。あくまで一瞬なので炎はすぐに甦《よみがえ》ったものの、直ちに雪也がごまに命じて棒状に放水させると、火達磨は完全に消滅した。

雪也達が撤退した後は、一般の消防隊が入れ替わって消火を行い、全ての尽力が合わさって先斗町の火災は完全に消される。

町の人達が、喜びの波のように拍手や称賛を送って消防官達を敬《うやま》う中、半透明だった雪也達は人知れず互いを労い、笑顔で後片付けを行った。

（店が密集してる場所だから、どうなるかと思ったけど……。大事に至らなくてよかった）

さらに、無我夢中とはいえ、『愛宕宮笥』の火百首で自分の放水が強化されたのは嬉しい誤算で、雪也は腕の中のごまを沢山撫でてお礼を言い、自身においての、更なる可能性を感じたのだった。

「瀧本」

一緒に進入して、消火活動した先輩隊員に呼ばれ、

「はい」

と振り向くと、

「お前、凄かったやん！　和歌の新技、かっこよかったぞ」

と、心から愉快そうな顔で飛びつかれ、肩を抱かれて褒められた。

あの噴射に技名はあるかと聞かれて、雪也はすぐに「愛宕宮笥です」と答え、千日詣で

の経緯を説明すると先輩隊員が興味を示した。

「それ、ええやん！　覚えると色んな応用が出来そうやな。今度、うちの詰所での座学で、鳳さんに来てもらって本を見せてもらいたいわ。俺が前田隊長に頼んでみるし、雪也も鳳さんに打診してよ」

雪也は間髪容れずに頷いて、聞けばさぞかし美凪も喜ぶだろうと、心が躍った。

（帰ったらすぐに、美凪に連絡しよう。ああ早く伝えたい。また、美凪の存在が、俺を助けたんだって……。今頃は、美凪は大文字山か。消防団として登って、送り火の準備をして点火を待ってるはず）

気がつけば、辺りはすっかり夜になっていた。

町では街灯がついており、鴨川の流れは真っ暗である。

御池《おいけ》通に停めている消防車に乗って帰るため、雪也達が御池大橋の東詰まで移動すると、薄暗い歩道に沢山の人が集まっている。交通規制のテープが歩道に沿って貼られており、京都府警の警察官が雑踏警備を行っている。

「――ああ、そうか。もうそんな時間か」

近くにいた前田隊長が呟いたと同時に雪也が顔を上げると、東にそびえる夜の大文字山で、大きな炎が一点、灯されているのが見えた。

（あれは……！）

美凪から聞いていた、送り火の点火の合図である。

大文字の中心たる金尾《かなわ》という場所で焚《た》かれた、松明《たいまつ》の炎。

時刻は現在、午後八時。

やがて、金尾だけでなく、そこを中心に伸びる五線の、仏の七十五の教えを表した七十五の火床にも次々点火される。

くっきり、夜に輪郭《りんかく》を溶かす大文字山に、赤い揺らめきを昇らせる「大」の一字が現れた。

闇夜《やみよ》に浮かび上がった大文字の送り火に、御池大橋にいる人達が一斉に手を合わせる。

その後歓声を上げ、拍手を送ったり写真を撮ったりして、それぞれの想いを馳せていた。

（…………）

たった今、消火活動を終えた後での、伝統文化の炎との出会いに、雪也だけでなく消防官達は皆手を合わせながら言葉を忘れて、ひたすら胸が震えるばかり。

共に、厨房へ進入して戦った先輩隊員は、じっと手を合わせるだけでなく瞳を厳かに閉じて低い声で、「南無阿弥陀仏《なむあみだぶつ》」と唱えていた。

神事仏事のような、森羅万象の魂に寄り添う行事にも、福田さんが作るにしん丼や先斗町で出されるような料理にも、火は欠かせない。

そんな優しい火と人間の絆を守るために、火災と戦う自分達がいるのだろうと、雪也は思った。

（美凪は今、あそこにいる。きっと、消防団員として、あの凜々しい横顔で、送り火と山を守ってるはず）

自分の職業と同時に、送り火の現場にいる美凪達の事も、仲間として誇らしく思った。

美凪の話によれば、送り火に携わる人達は、昼から山に登って送り火で焚く護摩木や薪を運び、京都市消防局の人達は、山の消火栓にホースを繫いで、各火床の周りに張り巡らせて水を撒《ま》いて類焼を防ぐ。

美凪ら神清分団をはじめ、地域の消防団員達は、神清分団の場合は午後五時頃に分団の器具庫に集合して、六時に入山する。

中腹の開けた場所、金尾の前で待機して京の夕焼けを見守り、やがて、日が沈んで点火の時刻が迫ると、麓の寺院・浄土院の僧侶《そうりょ》達による読経が行われる。

光の粒を敷き詰めたように輝き、広がる京都の夜景を目下に、真っ暗な山中で松明に火がつけられて、保存会の会長が伝統の掛け声を出す。

「南の流れ、よいか」

「北の流れ、よいか」

「字頭、よいか」

「一文字、よいかー」

それぞれの火床から返答があって準備が整うと、僧侶による読経が響く中、火のついた松明が大きく振られて火の粉が舞う。

「点火ーっ！」

掛け声と共に、鉦《かね》が打ち鳴らされる。

そうして、大文字の送り火が、今、雪也達が見上げているように、今年も無事に現れたのだった。

（美凪は、送り火の現場では、火床周辺どころか山全体が熱気に包まれるから、スマートフォンの電源が落ちる事もあるって、言ってたっけ）

その熱さ、過酷さは、雪也も消防の人間なだけに、しかもつい先ほど対峙《たいじ》していただけに肌で分かる。毎年、そこに臨む保存会の人達や消防団員達の心意気が伝わってくる。

町から拝む送り火は幻想的だが、現場の山から見た京都市街の景色も、独特で格別だと、美凪は言っていた。

——点火の時にな、一瞬、市内全体が町の灯《あか》りを抑えて、ふっと暗くなるねん。送り火を待つ皆の息遣いが分かるかのように……。

それで、全部の火床に点火されて大文字になったら、市内のあらゆる所でカメラのフラッシュが、ぱしゃぱしゃ、ぱしゃぱしゃって瞬《また》いて……。

あぁ、あの光の一粒一粒が、生き物なんや。この世界はこんなにも、命の光で溢れてるんやって……。それがよく分かる。

文字通り、天上からの景色やと、うちは毎年思ってるねん。

事実、先祖の霊や精霊を冥府へ送る行事なのだから、送り火を焚く場所も、それに携わる人達も、その瞬間だけは天のものに違いない。

五山送り火が終わった後、再び町は夜の静寂に包まれて、雪也達は現場から撤収して詰所に帰還する。

送り火の日で変則的な勤務体制だったので、雪也は日付が変わる直前に妙原院に帰った。

送り火の後処理を終えて下山した美凪ら神清分団は、それより少し前の、午後十一時半頃に帰宅したらしい。

雪也のスマートフォンに、美凪からは無事に帰ったというメッセージが届き、福田さんからは、送り火の合間に撮影したらしい分団員達の消防警備の様子の動画が送られてきた。

皆で待機して夕焼けを眺める様子や、間近で撮影した点火開始の瞬間。燃え盛る各火床の横で、他の消防団員や消防局の者達が手分けして、ジェットシューターで周辺に舞う火の粉を消したり、草木を濡らして類焼を防いでいた。

美凪も動画のいくつかに映っており、五月の総合査閲で見た時と同じ、紺にオレンジの線が入った活動服姿に山林靴、ヘルメットの保安帽をかぶっている。

消火栓にホースを結合したり、小型動力ポンプでジェットシューターに給水する。放水の時は、真っ直ぐ草木や火の粉を見据えて、真摯に消防警備を遂行していた。

その姿は、雪也にとっては何物にも代えがたい尊さで、美しい。

少し迷って電話すると、美凪が出てくれた。

「もしもし？　どうしたん？」

「ごめん。夜遅くに電話して……。今日はお疲れ様。福田さんから、今日の動画をもらったから、見てた」

「ほんまに？　福田さん、撮ってたん？　いつの間に……！」

ダイエットしとけばよかった、と語尾を上げて、冗談に笑う美凪の声が聞こえる。

「凄かったよ。俺、送り火の現場の様子なんて初めて見たけど、動画からでも感動した。本当にお疲れ様。凄いよ、美凪達は」

同じ言葉を繰り返す事しか出来ず、相変わらず自分は不器用だなと思う。

それでも雪也が手放しで褒めると、電話の向こうの美凪も真面目《まじめ》になって、改まった声になった。

「雪也だって、今日はほんまにお疲れ様。火災があったんやろ？　先斗町で……。場所は、後のネットニュースで分かったけど、煙が上がってるのを山の上で見てたから、心配やった。祈ってた。早く消えて、雪也達も無事でいますようにって」

「ありがとう。今日も無事で済んだのは、きっと、美凪と送り火のご加護だな」

今日の報告や、先輩隊員からの打診も含めて雪也はもっと話したかったが、送り火の現場を終えて美凪はさぞかし疲れているだろうし、夜更けの電話は、友達の域を少々超えている気がする。

雪也は心の内の、美凪への愛しさを抑えて身を引く。

「じゃあ、また。次に会った時に色々話すよ」

「うん。楽しみにしてる。ほなね」

互いにさっぱりと電話を切ったが、やはり二人の間には、話せば魂の合わさるような、強い一体感がある。もちろん、こちらだけでなく、美凪も同じように感じているだろうと、雪也は感じていた。

（でも、美凪はもう、自分の将来を決めてる）

こんなにも好きなのに、美凪には神様という許嫁がいる。

(冷静に考えてみれば、恋愛と結婚は別だって、よく言うもんな……)

やはり報《むく》われそうにない自分の想いが苦しくなり、許嫁の事実を考えないようにして、雪也は静かに布団に入った。

＊

今にして思うと、どうして自分と美凪は、こんなにも互いに惹かれ合ったのだろうか。

雪也は布団の上で横になりながら、そんな事を考えていた。

二人の出会いは、雪也の、あやかし消防士としての活動に様々な影響をもたらして雪也の能力を高めており、それは、単なる偶然では片付ける事が出来ないほど、縁というにはいささか運命的な激しさがあった。

(俺と美凪の間に、何か、二人だけの秘密があるようにさえ思う)

その謎が全て解けたのは、五山送り火を終えて、日付もとうに変わった深夜。

京都の先祖代々の霊だけでなく、精霊も含めた沢山の魂に、送り火を通して触れた影響かもしれなかった。

送り火が無事に済むのを待っていたかのように、雪也が就寝した後、京都では雨が強く降り出していた。

雪也は一度、真っ暗な部屋の中で外の雨音を聞いて起き、近い内に、台風が来るかもと考えた後、再び布団にもぐって眠りに就いた。

その時、不思議な夢を見たのである。


夢の中の雪也は、江戸時代の京都に住む、位の低い公家《くげ》だった。記録にもろくに残らないような身分だったので、非常に貧しかった。

当時の、他の下級公家達の例に漏れず、出仕の際の装束は貸衣装ばかりに頼っていた。

雪也が衣装を借りていたのは、千本今出川の呉服商。雪也はいつしか、そこの娘と親しくなった。

小さい顔に、透き通るような綺麗な瞳を持った、凜々しく優しい娘。

美凪に、そっくりだった。


——そよ殿。

——幸成《ゆきなり》様。

雪也達は、互いに、秘かに名前で呼び合っていた。

身分が違うので決して叶わぬ恋と分かっていたが、それでも二人は、確かに想い合っていた。

ところが。

天明八年、旧暦一月三十日の、午前五時頃。

宮川町から出火した火事が、強風、暴風、そして烈風によって京の中心地まで拡大し、町衆の家も、天皇や公家達がいる御所やその周辺も、武士の居場所たる二条城やその周辺も、悉く焼いた。

世にいう「天明の大火」である。

あっと言う間に業火は町中を炎で包み、絶え間ない風によって延焼が続く。

京に住んでいた者達は、四方八方から火災が起きていたので皆逃げ場を失い、家や家財は燃やされて、熱風に炙《あぶ》られた。

炎による気流で発生する火災旋風まで起こり、火のついた木材などが、いとも簡単に遠くへ飛ばされてまた延焼した。空に舞う火の粉は、人々を嘲笑う虫の大群のようだった。

あらゆる場所の寺の御堂、社殿などが焼け落ちて、その崩れる音は、轟《とどろ》く断末魔の叫びのようだった。

京の大火災から逃げるのは町人武士公家関係なく、幸成やそよも、それぞれの身近な者達と一緒に逃げた。

幸成は御所の近辺に住んでおり、そよは同じ地域に、商売のために父親と滞在していた。

火の手が迫り、阿鼻叫喚《あびきょうかん》となった町の中。父親に手を引かれて急いで西陣の千本今出川へ帰るそよと、別方向へ避難する幸成の目が合う。

──幸成様！

──こっちへ来るな！　そよ殿、お父上と一緒に逃げるのだ！　私も、周りの者達の避難を手伝った後で逃げるから案ずるな！　安全な場所で待っていてくれ。必ず会えるから！

想いを込めて視線を送ると、逃げ惑う人々の合間から、そよが頷く。

その後、幸成は秘かに、そよ達が安全な方向へ逃げたのを見届けて……。

──お公家様、危ない！

誰かの叫び声を聞いた瞬間、火災旋風で飛んだ木材が落ちて直撃し、幸成はあえなく命を落とした。

＊

「うわぁぁあっ‼」

自分の叫び声で、雪也はかっと目を開けると同時に布団から飛び起きた。

肩どころか全身で呼吸し、心臓がばくばく跳ねて異常なまでに音を立てている。

傍らのごまは寝ているのか、雪也の霊力の乱れのせいなのか、水晶の勾玉のまま動かない。

それを、雪也は開き切った瞳孔《どうこう》のまま、自分の元に引き寄せて、じっと見つめた。

「…………」

冷たい勾玉に触れて、何とか深呼吸して落ち着こうとするものの、胸の動悸《どうき》は一向に収まらない。

四肢の末端に至るまで激しく脈打っており、それなのに、背筋が異常なまでに冷えていた。

「……今……のは……」

京都の三大大火の一つ。史上最大の被害を出した「天明の大火」。

雪也がいた夢の世界は、夢というにはあまりにも現実的で、目が覚めても尚、雪也の体にはあらゆる感触が残っている。

逃げるために必死に動かした手足や、ぶつかった人達の振動、肌を千切るような熱風の痛さ。纏っていた出仕用の貸衣装の香や、町が焼け焦げる強烈な匂いまで鼻が覚えている。

――逃げるとこがない！

――助けて！　誰か助けて！

逃げ惑っていた人々の、喉《のど》が千切れんばかりの絶叫。その悲痛さは、未だに雪也の耳に残って消えない。

何より、夢で見た全ての光景に、決して絵空事ではない強烈な既視感があった。

「…………」

それからしばらく、雪也は無言で窓の外を眺め続け、外はまだ雨が降っている。

突然に、夢として自分のもとに訪れた真実を、自分の魂に沁《し》み込ませる。

「……そうか……」

理論より、結論が先に頭に浮かんでおり、分かったというよりは、思い出したという方が、正しかった。

冷静になるために、雪也はぎゅっと両目を瞑る。

「俺は……。前世は……。天明の大火で死んだ人間だったのか……」

自分に言い聞かせるように、呟いた。

あまりに唐突で、しかも突拍子もない事なのに、妄想や錯覚の類だとは思えない。

雪也は間違いなく、自分が『幸成』から生まれ変わった『ゆきなり』で、『雪也』として、この世に生まれ変わった人間なのだと悟る。

それの証拠は何もないが、そう仮定すれば、雪也が消防士となった今日に至るまでのあらゆる事の辻褄が合った。

中学の修学旅行の時に、初めて京都を訪れた時。

懐かしさで胸が詰まったのは、至極当然の事だった。

「…………」

雪也は、自分のスマートフォンを取って、故郷の寺の、修行をつけてくれた住職に電話をかける。

仏の導きで向こうも何か予感めいた夢を見たのか、夜中にもかかわらず、住職は起きていた。

「――夜分遅くに本当に申《もう》し訳《わけ》ありません。瀧本雪也です。急ぎの用があって電話しまし単刀直入に伝えると、その件だと予想して電話を取ってくれたらしい住職が、電話越しに静かに話してくれた。

「そうか。思い出したか……。雪也君。すみませんでした。今まで黙ってて……。本当は、僕は、君の前世について知っていた。霊力持ちの僧侶ゆえか、初めて君と会った時に、君の前世が見えたんだよ。その時は僕自身も疑ってたけど、君が僕の元で修行して、氷の化石と言われる水晶から水を吐く式神を生み出した時に、確信した。『あぁ、雪也君は、前世の事は忘れていても、こんな式神を作るほどだから大火の事はしっかり覚えている。無意識に、生まれ変わって火災と闘う気でいる』と……。水晶は、魔除《まよ》けの力を宿す鉱物だからね。よほどの強さを持った式神になるだろうと思った。だから、消防士になる事を勧めたんだよ。でも、あの時の君は、まだ前世の記憶を思い出していなかったから……。詳しく教える事は出来なかった」

「でしょうね……。天明の大火は、あれほど絶望的な火災は、ないと思いますから……。でも、だからこそ俺に、京都の消防士になるよう勧めたんですね。京都だと、俺が前世の記憶を取り戻しても、助けてくれる人が沢山いると思って」

「そう。京都は、色んな宗派の本山や、神社の総本宮が多いからね」

どこにも逃げ場はなく、ただ炎と煙に巻かれる事しか出来なかった、大火の時の人々。

延焼に延焼を継ぐ風と炎の前には、当時の消防など役に立たなかった。

「その前世の無念から、きっと俺は、ごまを生み出して、今まであれほど、あやかし消防士として熱心でいられたのかもしれません」

電話越しに、ひたすら隠していた事を謝る住職に、雪也は首を横に振る。

「そんな事ないです。俺、今は逆に、あやかし消防士になってよかったって、心から思うんです。相棒のごまは本当に、火災の時には頼れる式神になってくれたし、現場で、一緒に戦ってくれる仲間も沢山いるので……。だから俺は引き続き、京都で頑張ります」

住職と穏やかに話して電話を切ると、雪也は今度は、申し訳ないと思いつつ、すぐに庫裡を出て起きていた妙原院の住職とも話す。

こちらも、夜中にもかかわらず起きていたのは、同じように仏の導きで予感していた故かもしれなかった。

「住職は、俺の前世を知っていましたか？」

雪也が事情を話して問うと、住職はすぐに頷いた。

「概ねは、ね。察してたよ。君の故郷の住職さんと同じように、会った時に見えた。そやから、君の新しい下宿先として、うちが手を挙げた訳や」

引っ越し前、雪也が遭遇していた靄のような幽霊達は、全部、前世の雪也と同様に天明の大火で死んだ幽霊達だった。

「焼かれて死んでしまったから、体はなくて、靄のような人魂だけになって……。だから
その姿で、消防士として京都に来た俺に、『頼んだえ』って、言ってたんですよね……。
祇園祭の宵山で会った靄達も、きっと、そうだったんですよね？」
「君のお話を聞く限りは、多分ね。うちに下宿に来て、瀧本君が消防士として成長するに
つれて会わなくなったのは、前世は大火で死んだ瀧本君が、立派な消防士になったのを見
届けて、心が満たされたからやと思う。──ごめんな。僕も、地元の住職さんみたいに黙
ってて……」
「いいえ。むしろ、俺が記憶を思い出してなかったので、お気遣いして今まで黙って下さ
ってたんですよね。ありがとうございます」
住職の元を辞した雪也は、つと、境内で夜空を見上げる。
降り続ける雨が自分を濡らす中、前世や靄達の真相について驚くばかり。
しかし同時に、事実として、それらを冷静に受け入れている自分もいるのが、何だか不
思議だった。
(……会おう。美凪に)
雪也は迷わず妙原院を出て、傘をさして風戸神社に向かう。
前世の「幸成」が今の雪也だとしたら、あの夢の中で相思相愛だった「そよ」は、間違
いなく美凪である。

今まで、雪也の心の中で、ずっと響いていた声。

――幸成様……。

それは、美凪の前世であるそよが、引き裂かれた恋人を探して、ずっと呼んでいた声だった。

夢の中で、大火から逃げる際に目が合って、生きて会おうと祈って別れた切なさも、雪也の心にまだありありと残っている。

もしかすれば今夜、美凪も同じ夢を見たかもしれない。

(一秒でも早く、美凪に会いたい)

自分を求めるあの声に、応えたかった。

雪也は気づけば雨の中走っており、雫《しずく》で視界が遮られる夜目に、風戸神社の鳥居が見えた瞬間。

花鳥が低空飛行で飛び出してくる。

「花鳥⁉」

「雪也……っ！　大変！　みながいない！」

雪也が血相を変えて美凪を探し、あちこち走り回った先は、哲学の道。

そこの眼下の、暗く流れる疏水の中に、美凪は寝間着姿のまま立っていた。

「美凪⁉」

雪也は真っ青になって傘を放り投げ、疏水へ飛び込んで美凪のもとに走る。

幸い、水深は膝下で、まだ流される可能性は低い。雪也が足を動かす度に、無機質な水音がした。

「何してるんだ、こんなところで⁉　雨の中、しかも夜で、川に入るのがどれだけ危険か……！　分からない人間じゃないだろう⁉」

両肩を掴んで揺さぶると、美凪が生気を失ったように膝から崩れ落ちる。

「美凪……？」

両手で顔を覆って泣いており、とにかく雪也が美凪を横抱きにして岸へ上げると、よほど打ちひしがれているのか美凪は蹲って泣き続けた。

雪也は、自分も岸へ上がった後は、美凪がまた疏水へ入らないようその手をしっかり握って、顔を覗き込む。

「美凪」

「……雪也……」

「うん。どうした」

「……うち……。もう、どこにも、逃げ場がない……」

掠れた声で呟いたので、雪也は静かに、美凪の背中に手を置いた。

「……やっぱり、美凪も見たのか？　あの夢を」

「うん……。……え？　雪也……も？」

美凪が驚いて顔を上げたので、雪也はしっかり頷いた。

「ほな、あの夢の中のお公家さんは、雪也……？」

「そうだよ。……俺も見たんだ。俺の前世は、あの天明の大火で死んだ人間だって、思い出した」

美凪が大きく目を見開き、息を呑む。

涙を流しながら、確かめるように、

「……ゆきなり、様……？」

と、合言葉のように雪也の前世の名を口にすると、

「そうだよ、そよ殿」

と、雪也も呟いて、固く美凪を抱きしめた。

「言っただろう？　必ず会えるって。……随分遅くなったけど、約束を守れてよかった……」

美凪が静かに頷いて、力の限り抱き返した。

やはりそうだったか、と冷静に考えると同時に、今ようやく、あの「声」の正体が判明する。

（火災の現場を終える度に、俺の心に響いていたあの声は、やっぱり美凪だった。前世からの、彼女の声だったんだ……！）

奇跡のような美凪との縁に驚くと同時に、今までで一番、美凪の事が愛しくなる。

夢の中で天明の大火に遭って、美凪はさぞかし怖かっただろう。

火災で逃げ遅れた者は、熱さに耐え切れず水のある方へ逃げる事が多く、天明の大火でも、二条河原の辺りは沢山の人が押し寄せたという。

（そう言えば俺も、起きて真っ先にした事は、水晶の勾玉に触れる事だった）

夢から覚めた後、美凪がどんな思いで疏水に入ったかと思うと、雪也は胸が張り裂けそうだった。

雪也の胸で、美凪は静かに泣き続け、縋り付く。

「雪也……。雪也……っ」

「美凪。泣かないで。俺はこうして、現世ではちゃんと生きてるから……。まさかお互いに、天明の大火の記憶を持ってたなんて」

「ほんまにごめん、雪也……。うちも今、凄く、びっくりしてる。ほんで、安心して、嬉しくて……。前世では、うちは、あのまま西陣まで戻れて、父上が風戸神社にお願いして、それで」

「うん。分かってる。大火の後も生き残ったんだよな。それで、そよ殿は……」

そこから先は、以前に聞いた鳳家の歴史の通りである。

そよが烈風に嫁入りしたから鳳家は現在まで続いており、美凪が生まれた。

雪也はわずかに胸が痛んだが、前世と今世は別だと割り切る。

しかしその瞬間、そよから生まれ変わった美凪もまた、烈風に嫁ぐのだと思い出して、心が重くなった。

しかしそれ以上に、時を越えて美凪と巡り合えた事が嬉しくて、

「……やっと会えた……」

と、雪也が想いを込めて囁くと、美凪の薄い唇からも、

「……このまま、時が止まればいいのに……」

と涙に滲みながらの、掠れた声がした。

そのまましばらくの間、雪也達は、互いの存在を染《し》み込《こ》ませるように、冷えた体を温めるように抱き合っていた。

「……美凪。君は……」

「雪也」

前世からの仲だと分かれば、もう絶対に彼女を手放したくない。

そう思って結婚について尋ねようとした雪也だったが、美凪が心痛の面持ちで、それを遮った。

「うち、あの宵山の電話の時に、話してなかった事があるねん……」

「何……？」

「……鳳家は……。風戸神社は……。実は、天明の大火を起こした風の神様を祀ってて、そやから、あやかし達に『災いの巫女』とも、言われてて……」

ずっと、雪也やあやかし消防士達に対して、申し訳ない気持ちを抱いていたという。

「……ごめんなさい……。こんなうちが、今までずっと、雪也のそばにいて……っ！」

消防団員としての活動も、汚名返上の意味があったと話す美凪を見て、雪也はしっかり首を横に振る。

「そんなの、美凪が心を痛める事じゃない。俺は、出会ってから今までの美凪しか、興味はない。俺の知ってる美凪はいつだって優しくて、勇敢で、消防団員として一生懸命皆を守ってただろ？　それだけでいいじゃないか」

夢を見た恐怖と、その罪悪感で泣いているのかと雪也は思ったが、美凪が今話している内容は、単純なものではないらしい。

「それに……」

と、美凪が静かに語ってくれたものは、信じられないものだった。

「鳳家の花嫁には、ほんまは、大きな決まり事があるねん……。うちは、宵山の電話の時に、結婚しても戻って来れるって、言うたけど……。ほんまは、一度結婚したら、多分、もう人間の世界には戻れへん」

「え……」

「でも、烈風様との結婚を、嫌って言うたら……。恐ろしい罰が下るねん……」

それでうちは、もういっそ死んでしまいたいと思って、疏水に入ってたと告げる美凪の話に、雪也は衝撃のあまり体が震えた。

「……まさか……。……『夢』……？」

「そう……」

答えた美凪の声は、絶望に満ちていた。

「結婚に同意しなかったら、鳳家の花嫁はその日から毎晩、死ぬか結婚するかのどちらかまで、天明の大火の夢を見させられる……」

美凪の言葉が雪也の耳を通り抜けて、一瞬、雨がやんだ気がした。

思わず体を離して、美凪の瞳を見る。

今まで笑い合っていたあの日々の裏に、神様の婚姻はおろかそんな事実があったなんて、雪也は考えもしなかった。

雪也を見つめる美凪の瞳は、恐怖で支配される涙で濡れていた。

祭神が大火の夢を見せるという事は、祭神そのものがどういう性格の神なのかも、凡《おおよ》そ察せられる。

（延焼を起こした、風の神……。あやかし達が、陰口を叩く訳だ……っ！）

真相を知った衝撃に、今までそれを知らずにいた自分の迂闊《うかつ》さに、雪也は誰かから、思い切り殴られた気がした。

（結婚したら人間世界には帰れない、拒んだら悪夢って。そんなの……！）

生贄と一緒じゃないか。

瞳を閉じ、静かに涙する美凪を見つめる雪也の耳から、世界のあらゆる音が遠くなる。

再び降り出した雨に打たれてずぶ濡れなのに、雪也の全身が怒りで熱くなった。

「美凪。君はそのために、神様と結婚するって言ってたのか。自分は、決して望んでいないのに？」

「…………」

美凪は絶望に打ちひしがれるばかりで、何も答えない。

風戸神社の神様はもちろん、今まで何も知らずに過ごしていた自分にさえ、雪也は憤った。

「――美凪。警察に行こう。そんなの許される事じゃない」

「駄目やねん……！」

「何で！」

立ち上がろうとした雪也に、美凪が泣き腫《は》らした目で首を横に振る。

「それが出来るんやったら、うちもそうしてる！　でもこれは、昔から決まってる一族の掟で、しかも、災害を止めるために、鳳家から持ち掛けた誓約やから……！　次に嫁入りを拒否したら、悪夢だけでは済まへんかもしれへん。他の神様も烈風様の味方をして、怒るかもしれへん。うちは一度、烈風様との結婚を拒否した事がある。でもそのせいで……。そのせいで！　毎晩、毎晩！　毎晩毎晩、毎晩毎晩！　大火の夢ばかり見るようになって！」

連帯責任で養父が亡くなったと告げた美凪に、雪也は言葉を失った。

「それに、うちは……。その身の半分が神様で……。それでうちは、祈禱で火を消す力を持ってるねん。うちと烈風様の結婚は、いわば神様同士の婚姻でもある。人間の世界の話じゃないねん。それを円満に解消するには、どうしても烈風様に納得してもらう必要があるし、その間ももちろん、うちの夢は……！　いつ、どんなに眠り直しても、ずっと、あの怖い大火の記憶だけ……！」

恐ろしさを思い出したのか、美凪が逃げるように体を丸めて、雪也の服の裾をぎゅっと握る。

「あんな恐ろしい夢、うちはもう二度と見たくない！　おじい様かって、うちが何も言わへんかったら、今頃も生きて、元気で……っ！　次は雪也かもしれへん。あんな夢、雪也には見てほしくない！　雪也に死んでほしくない！」

おじい様みたいに雪也が死んじゃったらどうしよう、と叫んだ後、美凪はずるりとその場に蹲る。

「美凪……」

「やから、うちは、結婚するしかないねん……！　何かが起こってからでは、遅いから……！　うち自身まで、本物の『災いの巫女』にはなりたくない！」

そのまま、美凪は大声で、堰《せき》を切ったように泣き続けた。

普段の美凪は、聡明で勇ましくて、どんな炎の前でも気丈だった。

それが今は、これほどまでに錯乱し、追い詰められ、泣き崩れて絶望している。

あまりにも悲しい姿だったが、それでも尚、雪也が痛いぐらいに美しいと感じたのは、雪也を守るために自らを犠牲にする美凪の愛や、災いの巫女としての定めを全《まっと》うしようとする、健気な責任感。

雪也はそっと美凪の体を起こして、力の限り包み込む。しゃくり上げる美凪の背中を懸命にさすって、己の掌で愛を伝える。

美凪が少しでも落ち着こうとする間、彼女のために自分には何が出来るのかを、雪也は必死に考えた。

二人の体が、雨で再び冷えていく。しかし、雪也が守るように美凪を胸に抱き込んで温めると、次第に雪也にも、わずかに体温が戻った気がした。

「美凪。話してくれてありがとう。ごめんな。俺ばっかり、今まで何も気づかなくて……。でも大丈夫。俺は、大火の夢では死なない。消防士だから」

「でも……っ！　でも……！」

「美凪。よく聞いて。俺は今まで、優秀なあやかし消防士になるために、毎日頑張ってきた。君と出会って、色んな事を見て経験して……。そのお陰で、火災は今でも怖いけど、同時に、火災が起きたら立ち向かおうと思ってるし、その手立てをちゃんと持てるようになってるんだ。きっと、それは全部、美凪と出会ったお陰なんだ」

「……っ！」

美凪が顔を上げ、その頰に雪也は手を添える。

「天明の大火は、確かになす術《すべ》のない大火災だったと思う。でも、毎晩その夢を見るのなら、俺は夢の中で、少しでも消火して、避難誘導もして、少しでも被害を食い止めるために戦おうと思う。きっと、俺という人間が生まれた意味は、『幸成』から生まれ変わった意味は……。過去も現在も問わず、人を災害から守る他に、君を助けるためにあると思うから」

「雪也……」

「だから、大丈夫。俺は『消防士』だから。現実でも夢の中ででも……。君は俺に、遠慮なく助けてって、言っていいんだ」

もう一度伝えると、美凪が顔を歪ませて、自分の両手も同じように雪也の頬に添える。

そのまま俯いて、再びぽたぽたと涙を落とし始めたので、雪也が指先でそれを拭った。

「……うち、嫌や……！　今まで、自分さえ我慢して結婚すればいいんやって、そうした方が皆のためなんやって、ずっと思って……！　でも、うちは、雪也と出会って、一緒に過ごすようになってから、凄い幸せやった」

「そうか。それは嬉しいな……」

「ほんまよ……？　うちは、一秒一秒の雪也との時間が、一番大切で……！　ずっとこの世に住んで、雪也や皆と一緒に生きていたいと思ってる。防災士の資格を取りたいとか、もっと霊力の修行をしたいとか、小さい頃から行きたかった旅行がしたいとか、やりたい事もいっぱいある。やから……。このまま結婚して、雪也と別れたくない」

ずっと秘めていたらしい気持ちを、美凪が漏らす。

その瞬間、雪也は美凪の事がどうしようもなく好きになって、愛しくなって。

いっそ今、ここで美凪の手を取って、どこか遠くへ逃げてしまいたい衝動に駆られる。

「俺もだよ、美凪。俺も……！」

しかしまだ、美凪には無理矢理とはいえ許嫁がいる。今、道を外す事は、立場的に絶対に出来なかった。

「雪也。助けて……！　うち、神様のもとになんか」

「っ……！」

身を焼かれるような愛しさと悔しさに耐え、自分の手でそっと、美凪の口を塞ぐ。

これ以上、美凪が追い詰められるまま本心を喋ってしまうと、また、美凪に神罰が下ると懸念したからだった。

「……？」

驚いて目を見開く美凪に、雪也は小さく首を横に振る。

「……それ以上は、お互い、今は言わないでおこう。じゃないとまた、美凪が悪夢を見る。俺は、覚悟が出来てるけど、美凪にはもうあれは見てほしくない。だから、ひとまず嘘でも、今は『神様と結婚する』って言ってくれ」

「そ、そんなん、うちだって」

「うん。分かってる。美凪に覚悟がないと言ってる訳じゃない。ただ、俺は……。美凪が何より大切だから。今この瞬間から、今後の、最善の道を考えたいんだ。美凪が望まない結婚から解放されるにはどうしたらいいか……。その過程でほんの一瞬でも、君に、もう辛い思いはしてほしくないんだ」

君を守りたい。


真実の想いを伝えると、美凪の瞳が一層大きく開かれて、雪也を見つめる。

「……ごめん……。ありがとう、雪也……」

想いを口にする事はせず、項垂れて雪也にもたれかかった。

それを、雪也はしっかり受け止めて、安心させるように抱いて頭を撫でる。

その辺りでようやく雨がやみ、遠くの雲間から月が見えた。

美凪も泣きやんで、次第に互いの頭が冷えて状況が整理出来るようになると、雪也はすぐに、今後に向けて頭を切り替えた。

考えた末に、雪也は、美凪から烈風の事を詳しく聞き、

「美凪。次に烈風様と会うのは、いつだ?」

「多分……。来年、うちが二十歳になった時の、婚礼間近の時やと思う……。烈風様は、あまり人間に興味はないから……」

「そうか。なら……。話し合う余地はあるかもしれない」

「え？」

と、その場で決意して、顔を上げた。

「人間の世界に疎くて、二十歳まで待ってほしいという頼みを聞いてくれるなら……。花嫁の代わりを用意するとか、交渉が出来る余地はあるかもしれない。無理なのは百も承知だ。でも、万が一の事だってある。俺は最初に、それに賭《か》けたい。その時、美凪は何も言わなくていい。あくまで俺一人が友達として、美凪を案じて、烈風様に提案しようと思うんだ。そうすれば、美凪は結婚に合意してるままだから、悪夢の罰を受ける事はない」

いいか？　と訊くと、美凪は静かに頷く。

美凪、と雪也は心を込めて名前を呼び、

「今の俺達は……。大切な消防仲間で、友達だ。今夜、俺達が同じ夢を見たのは、前世で秘かな恋仲だったから。でも、今は……。今は違う。友達同士だ。だから、婚姻の掟を破ってはいない。悪夢を見る事はない。そうだろ？」

あくまで、外道な恋とならないよう慎重に問うと、それが伝わったのか美凪が雪也の手をぎゅっと握る。

「うちも、雪也から、勇気を貰った。これからどうなるか分からへんけど……。結婚を回避するために、出来る事をやってみたい。――『災いの巫女』の運命から、抜け出したい」

決意して、自分を見つめ返す美凪の瞳に、雪也は胸が熱くなる。

神と交渉して果たして上手くいくかどうか、雪也の考える「花嫁の代わり」で全てが解決するかどうか分からなかったが、とにかく二人の気持ちだけは、しっかり繫がって未来へ伸びた。

そんな想いと、風の巫女、そして災いの巫女を助けたい一心で、雪也は美凪の手を固く握り返した。

「――分かった。じゃあとにかく、近い内に烈風様と話をしよう。俺は美凪の幸せが、一番大事だ」

ちょうどその時、

「みなーっ⁉」

と、花鳥の声が遠くから聞こえて、別の場所で探していたらしい花鳥が飛んで来る。

「うわーん、みなーっ！　探したよー⁉　無事でよかったー！」

泣きそうな声を上げて、まるで不時着のように激しい突進ぶりで、美凪の胸に抱き着いた。

あまりに凄い勢いだったので、受け止めた美凪の背中が後ろに倒れかけて、さらに雪也が支える。

「花鳥！　ごめんな。心配かけちゃって……！」

「本当だよっ！　もう勝手に、どこかに行っちゃ駄目だよ⁉　私一人だと寂しいんだからねっ⁉」

「うん。もう大丈夫。ありがとう、花鳥……」

こうして、風戸神社の祭神・烈凪と話し合う意志を固めた雪也と美凪は、まず美凪が本殿を通じて烈凪と連絡を取り、談合の日時が決まったら雪也に連絡すると決めて、その夜は別れた。

本心を言えば、美凪が例の悪夢を見てしまわないか心配で、一晩中ずっと傍にいてあげたい雪也だったが、あくまで「友達」の自分が一夜を共に過ごす事は出来ない。

今夜、美凪が悪夢を見たのは雪也と前世が繋がったからで、いつもは見ていなかったという美凪の言葉を信じるしかなかった。

もどかしい不安を抱えて、雪也は美凪を花鳥に託す。

「花鳥」

「ん？　なあにー？　雪也」

「……美凪を頼んだぞ」

「んん？　もちろん！」

何も知らない花鳥は、抱っこされている美凪の腕の中から、片翼で敬礼した。

雪也の予想では、まだ見ぬ神との話し合いなので、一度では決して済まないと思っていた。数回、あるいはもしや、美凪が二十歳になるまでに、数十回にもわたるかもしれない。

いずれにせよ時間がかかると踏んでいたが、「その日」は予想外に早く訪れた。

雪也が仕事を終えてその日の大交替も済ませ、詰所を後にして妙原院に帰宅すると、美凪からの着信が入っている。

かけ直した電話の声は美凪ではなく花鳥で、

「雪也。早く来て……！　今、烈風様が来て、本殿の中でみなといる。婚礼を早めると言って、迎えに来た」

という狼狽《うろた》えた声を聞き終わらないうちに雪也は電話を切って、肺が潰れんばかりの全速力で、風戸神社に走った。

第五話　引き裂かれる運命

駆け込むように風戸神社の鳥居をくぐると、本殿の前に花鳥がいる。
後は、どこもかしこも静まり返っている。

「花鳥」

上がった息も整えず雪也が問うと、花鳥が本殿を指した。

「みなは、本殿の中にいる。入れさえすれば、そこは神様の世界なの……」

説明が終わらない内に雪也はその前に立ったが、何の反応もない。
迎えが来たと聞いて我慢出来ず、小さな本殿をがしっと摑み、己の焦燥をぶつけるように叩いた。

「美凪、美凪！　聞こえるか？　そこにいるのか⁉　神様と一緒にいるのか⁉」

何をしても、返事はないし、状況も変わらない。
どうすればよいか途方に暮れかけた雪也の足元に、花鳥が立つ。

「花鳥！　お前も一緒に美凪を呼んで……」

てっきり、いつもの幼い声で、大声で美凪を呼んでくれると思った雪也だったが、その予想に反して花鳥は思わぬ声を出す。

「――烈風様。花鳥です。この者と一緒に、中へ入れて頂けますか」

いつもとは違う、明らかに大人びた低い声。

一瞬で人格が変わったようで、雪也は思わず目を見開いて、花鳥を見下ろした。

「お前……。声が」

言い終わらない内に、辺りの空気が渦巻いて、激しい突風が起きる。

自分達の足元が浮いて、全身を飛ばされたと同時に視界が一瞬で変わった。

「――っ！」

雪也はすぐに冷静になって体勢を立て直し、飛ばされた先の「どこか」に着地する。

「……ここ……は……」

隣には、そつなく着地したらしい花鳥もいる。

顔を上げると、雪也達が飛ばされた場所は、大昔の邸宅のような、板張りの広い部屋だった。

襖や御簾はあるが全て閉められており、光源がないのに異様に明るい。暑くもなく、寒くもない、無風の空間だった。

すぐに雪也は、ここが風戸神社の本殿の中で、祭神・烈風が住む神の世界だと気づく。

それの証拠に、上座には、羽織袴と鏡が浮いているだけの烈風と思われる「何か」がいて、それに仕えるように部屋の端には、雪也が総合査閲で出会った「美凪の父親」と名乗った男性と、巫女装束の姿で、生気を失くして俯いている美凪がいた。

「美凪！」

弾かれるように雪也は駆け出し、夢中で抱き寄せようとする。

しかし、すぐに男性が立ち上がって雪也の肩をどんと押し、

「神の花嫁に触るな！」

ときつく睨みつけた後、上座に平伏《ひれふ》して詫びた。

「烈風様。お見苦しい所をお見せしました。あなた様が何故、このような卑しい男をここへ招かれたか分かりませんが……。一刻も早く花嫁を連れて、現世ではなく幽世などで婚礼を済ませましょう」

上座の「何か」が烈風で、間違いないらしい。

その外見は、雪也が何度見つめ直しても羽織袴と鏡が浮いているものでしかなく、それが辛《かろ》うじて、人間のような形を作っているに過ぎない。

風戸神社の祭神が、生き物ですらない事に雪也は驚いたが、

「ちょっと待って下さい、お父さん！　婚礼は、今日じゃなくて来年のはず！」

と、すぐに意識を戻して男性に、いきなり進んでいる婚礼を止めると同時に自分の話を

聞いてもらおうとしたが、

「その人はお父さんじゃない！」

という美凪の叫び声を聞いて、雪也は動きを止めた。

「美凪……？　だって、この人は、俺も総合査閲で会って、その時に、この人が『父親』だって」

「便宜上、そう名乗ってたんやと、思います……。……烈風様の眷属です……」

「えっ……」

思わぬ正体を聞いて、雪也はもう一度男性を見た。

男性の眷属も、じろりと雪也を見返して「いかにも」と答え、人間ではないと示すかのように、両腕の皮膚の色を揚羽蝶《あげはちょう》の柄に変えた。

あくまで、人間の姿は化けているだけで、男性の眷属の正体は蝶らしい。美凪と父娘《おやこ》ではないのなら、異常に若くて、子を持つ雰囲気でなかったのも道理だった。

男性の眷属は、人間とはあまり話したくないという意思表示なのか、総合査閲の時と同じようにすぐに雪也から目を逸らす。

男性の眷属に促された美凪が弱々しい手つきで、

「……ようこそ、お参り下さいました……」

と巫女として挨拶し、まるで、雪也を参拝者のように扱って頭を下げたので、雪也は愕《がく》然《ぜん》とした。

「美凪……？」

「ごめんなさい……。ここでは、私は、烈風様の巫女なので……」

先ほどから、美凪の口調は、雪也に対しても敬語で一線を引いている。

しかしそれが絶対に自らの意志でない事は、悲しい瞳が物語っていた。

雪也がここへ来るまでに、美凪は烈風の迎えを受けて、即時の嫁入り宣告をされたらしい。

友達の雪也が来るまで待ってほしいと頼む事は出来たものの、こうして雪也が来ても、立場は烈風側でいるしかないのだろう。

(俺は、話し合いの場では、美凪には何も言わなくていいと言った。けれど敬語を使って、烈風の側に立てとまでは、言ってない……！)

よほど強く、烈風の巫女として振る舞えと言われたのかもしれない。

美凪が一時的に、烈風の手に堕《お》ちているのだと分かった瞬間、雪也は自分の腸《はらわた》が極限まで煮えくり返る思いがした。話し合いをするために、必死になって冷静になった自分を、我ながら凄いとさえ思った。

「……あなたが、風戸神社の祭神、烈風様で間違いないですか」

口を慎め、座せ、といきり立つ男性の眷属は無視して雪也が上座に問うと、透明人間の

ように羽織袴を浮かばせて、鏡を頭部のようにしている烈風が、

「その通りだ」

とだけ言った。

「美凪の許嫁で、間違いないですか」

「その通りだ。美凪は我の花嫁ぞ」

人間を見下す感情しかないような、居丈高な口調。美凪を愛していないどころか、花嫁は単なる供物だと思っている事がよく伝わった。

雪也の内心は荒れに荒れ、二十歳まで待つ話のはずが何故こんな急に美凪を迎えに来たと責めたい気持ちや、そもそも、美凪の気持ちを尊重しない奴には渡したくないと大喧嘩したい怒りを必死に抑えて、冷静に事を運ぶ。

「……美凪の友人の、瀧本雪也と申します。元々、烈風様と、お話がしたいと思っておりましたが……。まさかこんなに早く、話し合いが出来るとは思っていませんでした」

「さようか」

雪也の足元で、「座れ！」と叫んだ男性の眷属が膝を立てて雪也を引き倒そうとしたが、上座の烈風が「よい」と言ったので、眷属は素直に平伏した。

眷属が大人しくなったところで、

「話とは？」

と、烈風が尋ね、雪也は冷静にあえて一歩引き、まずは、神への最低限の礼を述べる。

「はじめに、この本殿の中にお招き下さいました事を、御礼申し上げます。単刀直入に申し上げますと、俺は美凪の友人として、彼女の嫁入りを取り消してほしいと思います」

直ちに切り出すと、宙に浮いていた羽織袴がわずかに揺れて、鏡からぴし、という音がした。部屋中に烈風の不愉快を表すような、蒸し暑い風が駆け抜けた。

途端に美凪が息を呑んで、雪也と烈風を交互に見て怯える。

男性の眷属が、

「そら見た事か！」

と、雪也ではなく花鳥を睨み、

「このような事になるから、お前を見張りとして付けたのだ！　今まで一体、何をやっていたのだ火鳥！」

と、叫ぶと、雪也も美凪も、頭を殴られたような衝撃を受けて、

「えっ」

「えっ……」

と、二人一緒に、下座にいた花鳥に目を向けた。

それまでは、雪也の知っていた花鳥は、幼い声で美凪に甘えて、純粋に思った事を喋るだけの可愛い鳳凰の式神だった。

しかし今の花鳥は、本殿の前にいた時のように、

「――申し訳ございません。私もまさか、このような事になるとは思っておりませんでしたので」

と、小さな嘴《くちばし》から、低い女性の声を出している。目には幼さなどなく、大人びた冷静さを宿している。

一歩一歩、細い脚で上座へ歩く花鳥が、小さな鳳凰から、人間の女性へと変わっていく。

やがて、完全な着物姿の女性となった花鳥に、雪也と美凪は言葉を失った。

美凪の向かい側に正座した花鳥は、総合査閲で雪也と会い、「美凪の姉」と名乗った女性と同一人物である。

「美凪の……お姉さん……？」

慎重に尋ねる雪也を見て、美凪が全てを察して絶望の表情を浮かべた。

「この方も……烈風様の眷属です……」

蚊の鳴くような声で呟いた後は、花鳥の正体にショックを受けて、巫女装束の両袖で顔を覆った。

雪也は、はじめは戸惑ったが、次第に事の真相が見えてくる。

あの総合査閲で出会った美凪の父と姉、もとい真実は烈風の眷属である二人は、家族と

しての「美凪」ではなく、「烈風の花嫁」という供物の様子を見に来ていたと分かる。

それ以上に、男性の眷属の叫びをきっかけに判明した、花鳥が秘かに持っていた役目を知って、雪也は胸を詰まらせた。

もちろん、雪也以上にショックを受けていたのは美凪で、

「なぁ、花鳥……。花鳥は今まで、ほんまは、花嫁の見張り役として、うちと一緒に暮らしてたん……？　うちと、現世での時間を過ごしてくれる『友達』じゃなくて……？」

と、茫然《ぼうぜん》自失《じしつ》で尋ねると、花鳥が冷徹な目で告げる。

「はい。私の名前が、火から花に変わった時、あなたは何も知らず笑っていましたが……。私は内心で、自分の役目に相応しい字だと思っておりました。『花嫁を見張る鳥』という……」

「ほな……。今日、急に突然、烈風様が婚礼のお迎えに来たのも……。うちと雪也の仲を、花鳥が告げ口したから……？」

それ以上は訊くな、と雪也が止めたが、遅かった。

やはり花鳥は、少しも表情を崩さずに、口を開いた。

「――はい。今までずっと、この件については様子見していました。お二人が本当に単なる友人同士なら、烈風様に報告はしませんでした」

無慈悲に伝えた花鳥の涼しげな顔を、美凪は、魂の抜けたような目でじっと見る。

「……そう……」

薄い唇から声が漏れた後、美凪はゆっくり、その場に倒れた。

「美凪⁉」

部屋の中で、雪也だけがすぐに動いて美凪を抱き留める。

腕の中の美凪は、ショックのあまり気絶しただけで命に別状はなかったが、

「心配ありません。その場に寝かせてしばらくすれば、目が覚めるでしょう」

という、花鳥の仮面を脱ぎ捨てた豹変《ひょうへん》ぶりと他人事《ひとごと》のような言葉に、雪也はふつふつと怒りが湧いた。

さらに、上座からの烈風の、

「思いの外、脆いな。脆い、弱いのはすぐに壊れるから困る」

という、まるで美凪を玩具《おもちゃ》のように扱う口調についに耐えられなくなって、

「黙れ！」

と大声を上げた。

そのまま、美凪を丁寧に寝かせて足早に詰め寄り、

「許嫁のくせによくもそんな事を……っ！」

と、もう少しで烈風の襟元を摑もうとしたところで花鳥の鋭い声が入り、

「弁えなさい！　ここは本殿の中です！　友人のあなたが粗相をすれば、美凪が咎めを受

けるのですよ」

というのを聞いて、雪也はすんでのところで理性を取り戻し、静かに数歩下がった。

それでも、拳《こぶし》はぶるぶると震え、肩で深呼吸しなければ、到底抑えきれなかった。

「……何で……。美凪が……っ」

少しずつ言葉を絞り出すのが、やっとだった。

こういう状況になるといっそ、他人行儀な花鳥は雪也にとって助けとなる存在で、

「瀧本さん。烈風様に、お話があったのでは」

と促され、橋渡しされたのに合わせて雪也は何とか冷静さを取り戻す。

頭は決して下げずに、改めて烈風に、美凪の婚姻解消を求めた。

「俺は、あくまで、友人として美凪の幸せを願っているだけです。もし、あなたが彼女を許嫁として大事に想っているのなら身を引きますが、そうでなく、どうでもいいと思っているのなら……。代わりの何かで満足する事は、出来ませんか」

しかし雪也は心の中で、当然の如く烈風は拒否して話は平行線になるだろうと思い、それどころか、即座に相手が怒り狂うと覚悟して、長期戦や乱闘すら覚悟していた。

しかし。

「――ふん。まぁよかろう。花嫁の代わりに、お前は我に何を差し出すのか。聞かせてもらおう」

と、烈風が至極あっさり受け入れたので、雪也はもちろん、花鳥や男性の眷属さえも驚いて顔を上げた。

特に、男性の眷属が戸惑って、

「よ、よろしいのですか。相手は人間風情ですが」

と、雪也を蔑んだが、烈風ははっきり「よい」と言う。

「その娘は、こうして我に嫁ぐのを二度も躊躇《ためら》っている。おまけに、存外脆いとまできた。そのような面倒な者など、こちらから願い下げだ。――瀧本と言ったか。我の意思は、今しがた伝えた通りだ。予定していた花嫁の代わりに……我に何を差し出すつもりだ?」

雪也と接してそういう気持ちになったのか。あるいは本人が言った通り、二度も婚姻を渋《しぶ》った美凪に愛想《あいそう》が尽きたのか。

いずれにせよ、烈風は美凪との婚姻を取り消すと言い、美凪がもう悪夢を見ないかと雪也が確かめても、烈風はそれさえも許した。

交渉に乗った相手の意思を確かめて、雪也は、上座の烈風を見上げる。

「代わりの者は、やはり、人間をお望みですか」

「当然だ。よもや、花嫁の代わりに、反物や献酒程度でよいと思っているような、浅はかな頭ではあるまいな? 人間以外の命とて無論認めぬ。神との誓約を侮るな」

「はい。重々承知しております」

その上で、花嫁の代わりは何だと問われても、雪也はもう揺るがない。

もし、美凪の代わりに、誰かが烈風の生贄となる定めならば。

出せる答えは一つだった。


「――彼女の代わりは、俺です」


静かに、まっすぐに、雪也は告げた。

「花嫁になる事は出来ませんが、玩具として殺すなり、奴隷として使うなり、死ぬまで、俺をお好きなようにして下さい」

それで美凪が、永遠に解放されるなら。

雪也の横顔を見て、花鳥がこれでもかというくらいに目を見開いた。

さすがの烈風や眷属も意外に思ったらしく、

「何と」

「それは、それは」

と、頷いた後は、さも名案そうに口角を上げている。

「であれば、瀧本とやら。貴様は本当に、人の世を去って我に身を捧げて、下僕となるつもりか」

烈風の問いに、雪也はもう一度静かに、「はい」と答えた。

横から花鳥が顔を上げて、

「未練はないのですか。あれだけ生き甲斐《いがい》を感じていた、あなたの、あやかし消防士のお仕事は、どうするおつもりですか」

と念を押すように尋ねたが、雪也はそれもきちんと考えていた。

「未練が全くないと言えば、嘘になりますが……。京都のあやかし消防士は、俺だけではありません。頼もしい人達が沢山いるので、災害が起きてもきっと大丈夫です。退職届を出すお時間さえ頂いて、美凪を助けられるのなら……。俺はもう、それだけでいい」

美凪を愛しているから。前世からずっと、好きだから。

もう決して、彼女を失いたくないと思ったからこその、決断だった。

雪也の自己犠牲を受けて、花鳥が無言で俯く。

このまま何も出来ずにいれば、美凪は烈風に奪われてしまう。かといって、美凪の辛い婚姻を、他の誰かに背負わせる事も出来ない。

ならば、自分自身がそれを背負えばいいと雪也が考え抜いた最終判断を、花鳥も感じていた。

雪也は、相手の気が変わらないうちに、迫るように問う。

「烈風様。いかがなさいますか」

対する烈風は、雪也の必死さが面白いと思ったのか、小さな笑い声を漏らして答えた。

「そこまで言うのならば、我も、貴様の気概に乗ってやろう。……話は決まった。巫女の花嫁の代わりに、お前を下僕として貰ってやる。一度我のもとに下った以上、元の世界には戻れない事を覚悟しておけ。――ではさっさとその、不出来な巫女を連れてここから出ていけ。お前を貰い受ける日については、追って眷属より伝える」

恐ろしいほど簡単に話がまとまって、雪也は美凪と共に、人間世界に帰される。

まだ気絶している美凪を雪也が抱き、ここへ来た時のように突風を受けて目を開けると、風戸神社の本殿の前。

花鳥も一緒にいて、人間世界まで送り届けてくれたのだった。

「…………」

「…………」

雪也も、今はもう鳳凰ではなく人間の姿の花鳥も、互いに何も言わない。

やがて口を開いた花鳥に、雪也は小さく頷いた。

「とにかく、お疲れ様でした……」

「……今日は、ありがとう。花鳥がいなかったら、俺は本殿の中に入れなかったし、交渉もきっと、上手く出来なかった」

「……あれは、本気なのですか」

あれ、とは無論、雪也の犠牲の事である。

険しい顔で問う花鳥を前に、雪也は、抱いている美凪の髪に唇を寄せながら、穏やかに目を伏せた。

「もちろんだ。俺は本気だよ」

「目覚めた美凪がそれを知ったら、どうなるとは考えませんでしたか」

「思ったよ。思ったけど……。俺には、これしか浮かばなかった。あの夜に、俺の胸で泣く美凪を抱きしめていた時……。何をしてでも美凪を助けるって、俺は決めたんだ。それこそ、自分自身を犠牲にしてでも」

「馬鹿な事を……！　近い内に、あなたが代わりに烈風様の下僕になったと知ったら、どれだけ美凪が悲しむか……！　新たな罪悪感に苛《さいな》まれる可能性だってあるのですよ。あなただって、向こうでどんな扱いをされるか……！」

鋭い目をして花鳥は詰め寄り、雪也の取った選択を責める。

それを見た雪也は顔を上げて、

「……随分、心配してくれるんだな。美凪の事も、俺の事さえも……。お前は、俺達を裏切って、烈風様に報告したんじゃなかったのか？」

と指摘すると、花鳥の感情が昂ったのか、冷静な瞳が一気に揺らいだ。

「……っ！」

本殿を出て、冷徹な仮面が外れた花鳥の瞳からは、本気で美凪の心を慮って、雪也の身上を悼む気持ちが感じられる。

そんな花鳥を見た雪也はやはりと思い、

（この人は、烈風の眷属という立場でも、ちゃんと美凪の事を気遣っている。烈風から花嫁を奪う俺の事を、自らの手で捕らえたり、殺す選択肢もあったはずなのに、それをしなかったのは……）

眷属の役目として、報告だけは行っても、気持ちは雪也達の側に立っていたから。

美凪に一秒でも長く、穏やかで幸せな時間を、与えたかったから。

本能的に確信した雪也は、今、美凪の今後を案じて雪也を責めるこの人になら、自分がいなくなった後も託せると、秘かに思っていた。

「瀧本さん。もう一度訊きますが……。あなたはこれから、どうするおつもりなのですか。目覚めた美凪に、今の状況を、何と説明する気ですか」

「うん。それも、ちゃんと考えてた。というか、今、決めたよ。……花鳥さんが、美凪を説得してほしい。これからもずっと、俺の分まで美凪のそばにいて、『俺の代わりに素敵な人に出会って、その人と幸せになってくれ』って、言ってほしい」

「……！」

一瞬、花鳥の目が激しく揺れて、雪也に摑みかかる気だったのか両手がぐっと握り締められる。

「……という事は、あなたは、今日の事は美凪には伏せたまま、『その日』を迎える気なのですね」

「うん。美凪には別の理由をつけて、婚姻が回避された事だけを話そうと思う。その上で、俺に残された最後の時を、美凪と一緒に過ごしたい」

「……そうですか……」

自分の腕の中で固く目を閉じて、気を失っている宝物のような美凪。

深い想いを胸に雪也が再び頰を寄せると、花鳥がくるっと背を向けた。

「どこへ行くんだ」

「ご安心を。本殿の中へ戻って、引き続き美凪の世話役が出来るよう、烈風様にお願いしてくるだけです。あなたがいなくなった後は、私が、ずっと美凪のそばにいるか、この神社の世話役になるでしょうから……」

本殿の前に立った花鳥は、そっと雪也に振り返る。

「……美凪を助けてくれて、ありがとう。あなたが犠牲になる事を、私は永遠に忘れません」

冷徹でも、心からのお礼を言ったので、雪也は静かに頷いた。

花鳥がそっと目を閉じて、頷く横顔を見せたのを最後に、その姿がふっと消える。

雪也は、社務所に入って奥座敷で美凪を寝かせると、しばらくして呻《うめ》き声がして、美凪がゆっくり目を覚ました。

「美凪」

「……雪也……」

まだ青白い頰を撫で、倒れたばかりの体を気遣って、雪也は交渉の顚末《てんまつ》を話した。

「烈風様は、西陣織《にしじんおり》の凄い反物を、何十年にわたって捧げろって。何百万かかるか、分からないけど……。とにかく、美凪との婚姻は解消された」

嘘を混ぜて話すと、美凪が信じられないといった風に、目を見開いた。

「嘘……。そんなに、簡単に……？」

「うん。俺も、まだ夢じゃないかと思ってるけど……。でも確かに、烈風様は眷属達の前で『願い下げだ』と言ったし、悪夢を見せる事もしないって、言った」

その途端、美凪が大粒の涙を流して、両手で顔を覆う。起き上がって、雪也に抱きつく。

今までずっと一緒だった式神・花鳥の正体を知った辛さも含まれていたが、美凪の顔は解放された喜びに満ちており、釣られて雪也も涙した。

「雪也……っ。ありがとう……っ！　うち、このご恩は一生忘れへん。ほんまに自由の身になったなんて、それこそ夢なら覚めんといてほしい……！」

「大丈夫。夢じゃないよ。美凪はもう、好きな事をして生きていけるんだ。花鳥さんとも話をした。あの人は、俺と祭神の交渉を助けてくれて……。眷属の立場でも、美凪の事をちゃんと考えてくれるいい人だった」

「ほんまに……？」

「うん。裏切って烈風様に報告したと思っていたけど、実は、俺達の事を応援してたんだ。だから、美凪……。本当に安心して。これからは、花鳥さんと一緒に、楽しく暮らせよ」

雪也は？　と、何も知らずに顔を上げる美凪に、雪也はさりげなく切なさを隠して、

「……大丈夫。俺もいるよ」

と、精一杯の嘘をつく。

「よかった……！　雪也。お願いやし、もう絶対にうちを離さんといて。ようやく出会えて、想像もしてなかったこの幸せを失くしたくない。その代わり、雪也のお願いやったら、うちは何でも聞ける……！」

「本当に？」

「うん……！」

二人の間に、完全に障害がなくなって、美凪からの熱い言葉に雪也は胸震える。

その想いを、他ならぬ雪也がいつか踏みにじってしまう申し訳なさに耐えながら、

「……俺は、君の笑顔と幸せがあれば、何も要らない」

と呟いて、静かに首を横に振った。

微笑む美凪と額を合わせて、美凪のことだけ考える。

ただ静かに触れる体温が、心を満たすその一瞬が。

全てが、運命を背負った雪也には愛しかった。

その日の夜、美凪が本当に悪夢を見ないか確かめるために、雪也は社務所で一夜を明かした。

少しでも美凪が魘《うな》されたら、いつでも抱き締めるつもりで、ずっと横で見守る。

眠る美凪の手を握ったり、髪を撫でたりして、前世からの無念が晴れた瞬間を噛み締めた。

社務所に朝の光が射して、美凪の悪夢の罰も、完全に消えたと知った時。

雪也と美凪はもう一度喜び合い、心から好きだと伝え合った。

そんな中、ふと脳裏に、結ばれた幸成とそよの光景もよぎった気がして、

（俺は今、最高に幸せだな……）

と、雪也は思わずにはいられず、同時に、自分に待ち受ける運命について、美凪に申し訳なく思った。

（美凪、ごめんな。俺はいつか、君を残して逝ってしまう。これからも、沢山幸せにしてあげたいと思ったけど……）

それはもう、叶わない。

（……だからこれからは、俺のいない世界で、沢山幸せになってくれ）

それが、俺の存在した意味で、幸せだから。

窓から見える空は、綺麗に晴れている。

あと数日か、いつ烈風からの迎えが来るかは分からなかったが、残された日常を思い切り味わおうと雪也は決意した。


……その何もかもが、烈風の、人間の気持ちを弄《もてあそ》ぶ狡猾《こうかつ》な罠《わな》だったとも知らずに。

＊

翌日。

詰所に出勤していた雪也は、いつものように火霊火災の指令を受けて、前田隊長や先輩隊員達と共に出動した。

消火の準備を整えて、燃えている京町家の内部を確認する。

「瀧本から前田隊長へ。内部確認よし！　屋内進入します！　――ごま、行くぞ！」

「うみゅーん！」

現在でも、京都の人達の住まいとして使われる伝統的な木造建築・京町家は、細い通《とおし》柱《ばしら》を並べて側面とし、中央に大黒柱・小黒柱などの柱列を配して籠のようにして建てる特殊な構造である。

物理的に、小黒柱が焼け細って折れると、建物全体が引っ張られて一気に崩落するという危険性があった。京町家の火災では、小黒柱が焼けていないか否かが、消火戦術を左右する鍵《かぎ》だった。

外からの観察や情報で、市松人形の姿をした火霊本体は二階にいて、小黒柱はまだ無事。

それを確認した雪也と前田隊長は、他の柱を伝って一階にまで燃え広がっている屋内に進入する。そのまま、一階の消火活動を手分けして始め、煙や瘴気も薄まって順調に二階へと移ろうとした時だった。

外で火の粉を消しつつ隊員達の吉凶を絶えず見ていた先輩隊員から、悲鳴のような連絡が入った。

「前田隊長、瀧本君！　大至急退避して下さい！　一気に『最悪』になりました！」

よほど猶予がなく、先輩隊員も直ちに霊力を全開にして知らせてくれたらしいが、間に合わなかった。

突如として、外から異常な風が吹き荒れて燃えている屋内に突進し、消火中の雪也達の体を奥へ吹き飛ばす。

「前田隊長！」

燃えている壁や周辺の柱で体を打ち、起き上がった雪也が見たものは、災害の神が人を嘲笑うかのように、一陣の烈風が小黒柱を撃ち抜いた瞬間。

轟音《ごうおん》を立てて、小黒柱が真っ二つに割れて吹き飛んだ。

あっ、と雪也が顔を上げた時には、遅かった。

「雪也！」

「瀧本君！」

前田隊長らの声が聞こえたと同時に二階部分が崩落し、燃えていた家具、畳、柱などが一気に真下にいた雪也に襲い掛かる。

咄嗟に、龍のごまが覆い被さって守ってくれたが、かつてないほどの轟音と共に重い衝撃が雪也の全身を打った。自分の口から、聞いた事もない呻き声が出た。

二階には、火霊本体もいたので瓦礫《がれき》と一緒に落ちてきて、生き埋めの雪也の上に立った途端に火霊は高笑いする。髪を伸ばして炎や瘴気に変えて、倒れた雪也を屠《ほふ》ろうとする。

それを、手負いのごまが、必死に迎え撃っていた。

「……っ……！　うっ……！」

不運な事に、雪也の狐面は崩落に巻き込まれた衝撃で割れており、口元が露になっていた。

炎や崩落からはごまの体で多少は守られたものの、ぶわっと舞い上がった瘴気だけはどうにもならず、大量に吸ってしまった。

そのせいで、雪也の喉は、切り裂かれるような痛みが走って声が出せない。動けないのはもちろん、次第に意識も遠のいていく。全身が痺《しび》れて、思考能力が奪われていく。

雪也が負傷して弱ったせいか、ごまが悲痛な鳴き声を上げて消滅した。

（ごま、ごめん……っ！　俺も今すぐ死んでそっちに、いや違う！　何を考えてるんだ俺は！　少しでも瘴気を吸わないように……っ！）

雪也は顔を下に向けて呼吸を浅めにし、瘴気に支配されないよう自我を保持する。全身の力を振り絞って、割れた狐面の破片を握って鼻と口を覆って、自分を守った。

すぐに、前田隊長らによって雪也は救出され、直ちに救急車で搬送される。

その時にはもう、雪也の視力は瘴気でほとんど奪われており、ぼんやり見えた救急車の内部の端に、大小様々に砕《くだ》けた水晶の勾玉が置かれているのが見えた。

「……っ……」

勾玉からは、何の気配も感じられない。救急車のサイレンや救急隊員の呼びかけを聞きながら、雪也は心の中で何度もごまに謝った。

何の前触れもなく、まるで意思を持っていたかのように急襲したあの風の正体が、雪也には本能で分かる。

（そうか……。烈風は、天明の時もああやって……、他の風神達と一緒に大火事を起こしたんだ。そして、その風によって、俺も殺された……）

前世の記憶の、火災旋風で飛んだ木材が落ちて直撃し、死んだ記憶が蘇る。

どこからか、烈風の高笑いが、聞こえた気がした。

際限ない悔しさが湧いて、握れない拳を心の中で握り締めた。

（ちくしょう……あいつ……！　初めから、俺を下僕にする気なんかなかったんだ。交渉に乗って婚姻を解消したのは、『俺を殺す』ため……！　自分の婚姻を邪魔した者への罰という大義名分を得て、こうやって災害現場で堂々と、いたぶって殺すつもりだったのか……！）

雪也が去った火霊火災の現場については、心配なかった。残った前田隊長らが全力で鎮圧するだろうと、信頼していたからだ。

予想通り、雪也が霊力持ち専門の病院に運ばれた頃に連絡が入ったらしく、

「瀧本さん。聞こえますか？　今ね、現場の方から連絡が入りまして、無事に鎮圧完了だそうです。後は瀧本さんが治るだけなので、ゆっくり深呼吸して、普段の自分を取り戻して下さいね。とりあえず、何か一つ大事なものを思い浮かべて集中して下さい。それが、今回の瘴気への対策なので」

と、担当医に冷静に指示されて、雪也は美凪の笑顔を思い浮かべた。

（美凪……ごめん……。でも俺は絶対に、君のもとへ帰るから……。このまま死んだりしないから……。待ってて……）

その後、霊的な集中治療のために、雪也は数日眠らされた。

＊

「うあぁぁぁぁぁっ！　雪也！　雪也ぁっ！」

取り乱して駆け出そうとする美凪の手を、立ち上がった花鳥が摑んで引っ張る。

「ここで泣いても、どうにもなりません。映像で見る限り、彼は治療さえ受ければ――」

「触らんといてっ！　放せ裏切者《うらぎりもの》っ！」

「………」

美凪の鋭い叫びを聞いて、花鳥が静かに手を開く。

美凪は、巫女装束の袴の裾を踏んで激しく転倒した後、顔面や手の痛みも忘れてすぐに立ち上がり、雪也の様子が映し出されている壁に駆け寄った。

婚姻を解消し、縁を切る前に見せたいものがあると、美凪は、花鳥を通じて烈風から呼び出された。

花鳥の先導で再び風戸神社の本殿の中に入ると、上座の烈風は嫌に上機嫌で、

「よく見ておけ」

と言い、男性の眷属が壁を指さした。

それに従って美凪が顔を向けた瞬間、烈風が気合のような声を上げた。

壁には、京町家の火霊火災の様子が映し出されており、烈風によって、そこの小黒柱が吹き飛ばされた。

一階には雪也がいて、大量の瓦礫が直撃する。生き埋めとなり、火霊に襲われる愛しい恋人。

その惨状は、美凪が今まで見たどんなものよりも悪夢で、悲劇だった。

「雪也……。雪也……っ」

煤だらけ、傷だらけで、瘴気に侵食されている雪也が搬送されていく。

その様子を鮮明に映している壁に手を触れて美凪が膝から崩れ落ちると、背後から、烈風と男性の眷属の笑い声がした。

「烈風様。お見事でございます」

「……っ……！」

美凪が涙を滲ませて振り向くと、男性の眷属はもちろん、上座の烈風も鏡にぼんやり人の顔を浮かび上がらせて、口角を上げている。

花鳥は笑っていなかったが、無表情。正座の腿《もも》に置いた両手が、固く握り締められていた。

美凪は烈風を、きっと睨みつけた。

「烈風……！　お前は初めから、こうするために……っ。うちとの婚約を辞めたんやな……っ⁉」

いかにも、と答えた烈風に続いて、男性の眷属が自慢げに話す。

「いかに神といえども、単独で、徒《いたずら》に人間を嬲《なぶ》り殺す事は難しい。他の高位な、優しい神々がお怒りになるゆえ……。とりあえず懲罰の名分があればよかった。そうでございますよね？　烈風様」

再び、烈風がいかにもと頷き、

「あの瀧本とやらは、我に婚姻を辞めろと言った。そんな奴に罰を下すのは当然。あいつは、花嫁のために自らを犠牲にしていたが……。無駄だったな。残念だったな？　美凪。お前は、我の、花嫁だ。人間風情が神と交渉するなんて身のほど知らずよ」

と告げた瞬間、美凪は聞き間違いかと思って呆然とし、

「自らを犠牲にって……？」

と訊くと、嘲笑うばかりの烈風や眷属の代わりに、花鳥が口を開いた。

「瀧本さんは、あなたには嘘をついておりましたが……。実はあなたを助けるために、花嫁の代わりとして烈風様の下僕となる事を、約束していたのです」

「……うそ……。雪也が、そん……な……」

戸惑う美凪を見て烈風が声を上げて笑い、

「しかし！　あの男はお前のために我と交渉したばっかりに、人の世で永遠に我に付け狙われる！　嬲り殺される運命にある！　そのような恐怖の中で生きて、奴が精神を病んで壊れていく様を眺める方が面白い！　だから我はあえて、奴の交渉を受け入れてやったのだ！」

と、さも愉悦に浸って鏡面を反射させた時。

美凪は、目の前の災いの神が憎くてたまらず、同時に、そんな血脈を持っている自分自身が、憎くて憎くてたまらなかった。

奥歯を食いしばって口をぎゅっと一文字に結んだ後、衝動的に舌を噛んで、死のうとした。

しかし、それを見た花鳥が即座に立って、美凪の口に指を突っ込んだために阻まれる。

「か……とり……っ！」

「……馬鹿な真似はやめなさい……！　貴女《あなた》が死んでも、瀧本さんが解放されるとは限らない……。それどころか、花嫁が死んだら、報いとして瀧本さんも必ず殺される」

「――っ！」

花鳥の指から、つつ、と薄い朱色の血が流れる。

痛みに耐えながら諭《さと》す声を聞いて、美凪は全身から力が抜けた。ふら、と美凪の体が揺らぐと同時に、花鳥も自身の指を抜いた。

「…………」

ゆっくりと、美凪は冷たい板張りの床を這って、烈風を見上げる。

「……今日、雪也が助かっても……。また、火災の現場で、風を起こす気……？」

男性の眷属と、上座の烈風は、何かを待っているかのように、じっとこちらを見つめている。

その意図が美凪にはすぐ分かり、

「……烈風様……。……私と……結婚して下さい……。雪也には、もう、何もしないで

「……」

震える声で両手を合わせると、烈風の満足そうな笑い声がした。

「今の言葉、しかと聞いたぞ。今度は、神罰もないのにそなたから願った。よかろう、貰ってやる。代わりにあの男にはもう一切構わぬ。――おい。婚礼の支度《したく》をしろ」

「はっ」

命じられた男性の眷属が、さも楽しそうに立ち上がる。

災いの神に屈した敗北感と、弄ばれる人間の無力感。

そして、静かな全てへの諦めが混ざり合って、美凪の心が、奈落《ならく》のどん底まで突き落とされた。

「………」

婚礼は、眷属や下位の神を呼んで盛大にやろうと、男性の眷属や烈風が話し合っている。

その声はもう、美凪には聞こえない。

傍らで、花鳥が正座のまま動かず、静かに目を伏せている。

「……っ……。うぅ……っ！」

美凪は、両手を合わせたまま体を丸めて、背中を波打たせて、自分の悲しみを絞り出すかのように泣いた。

「やっぱり……全部……夢やった……」

花鳥との穏やかな日々も、雪也との眩しい出会いも、何もかも。

振り出しよりも酷い事になってしまった。災いの巫女は、どんなに償いの心を持って抗《あらが》っても、やはり、災いの神に嫁ぐ運命だった。

唯一の救いは、自分を犠牲にした事で、雪也が安全な身になったという事。

美凪は、合わせていた両手を解いて、ぎゅっと握り直す。

片方は、雪也の手のつもりだった。

「ごめんなさい……。雪也……。どうか、うちの事は忘れて、幸せに生きて……っ」

自分こそが、あの瓦礫で潰れたかったと願いながら、美凪は自分の運命をひたすら嘆いて目を閉じた。

第六話　必ず君を助けにいく

雪也が目覚めた場所は、ベッドの上だった。

視界が真っ暗でどこか分からず、霊力持ちの看護師から、病院の個室にいると聞かされた。

崩落事故で全身を瘴気に蝕まれた雪也は、搬送先の病院で、霊力持ちの医師や外部から呼んだ陰陽師によって、霊的治療や瘴気を封じる術などを施された。

それを、担当医から聞かされた時、雪也はまだ紫の病鉢巻《やまいはちまき》で両目を覆われていた。医師の許可によって、それを解いたのは翌日だった。

厄除《やくよ》け完了のアラームが鳴って病鉢巻を解くと、事故の前と変わらない視力で周りが見える。

清潔感ある病室に、うんうんと頷く担当医。

「問題ないみたいですね。よかったですね！　体そのものは問題ない事が確認されていますので、明後日《あさって》には退院出来ますよ。あやかし消防士として、即日復帰も可能です」

医師達の尽力に感動した雪也が頭を下げると、担当医は、その後の手続きのために笑顔で病室を出た。

ふと視線を移すと、テーブルには、割れた水晶の勾玉が置いてある。

「……ごま……」

雪也が小さく呼ぶと、水晶のままでも、確かにごまの鳴き声がした。

「うみゅん……」

「俺の声が聞こえるのか。返事が出来るのか」

もう一度、ごまが鳴く。

雪也はすぐに起き上がって、原形に近い一番大きな破片を掴んだ。

両手で包んで、ぐっと全身で抱き込んで霊力を送ると、水晶が水のように柔らかくなる。

ぶるりと震えて、空中でうねって変化した。

「うみゅーん！」

「……ははっ。ごま！」

二回りほど小さくなってしまったが、透明で白っぽく、立派なアザラシの姿になった相棒。

雪也は心の底から喜んで、背中からベッドに倒れ込むと同時にごまを上に投げた。

「うみゅんっ！　うみゅんっ！」

「相変わらず元気だなぁお前は！　俺も元気になったぞ！」

落ちてくるごまを、自分の胸で受け止める。

雪也がわしゃわしゃと撫でてやった後、ごまが前びれで、テーブルの上を指した。

窓からの光を反射させて、幾つもの破片が煌《きら》めいていた。

「うみゅーん」

「そうだよな。あの破片を全部、接着するなり何なりで、お前に取り込む方法をお医者さんに相談しないとな。——ありがとう、ごま。あの時、お前が庇《かば》ってくれなかったら、俺は無事では済まなかった。お前は最高の相棒だよ」

「うみゅん！」

ごまが誇らしげに胸を張ったので、雪也もその胸を軽く叩いて感謝する。雪也の霊力はもちろん、ごまも復活したのはめでたい限りだった。

一人と一体で喜び合っていると、外からの気配を感じて、病室の引き戸が静かに開く。

刹那に、担当医が戻ってきたと思った雪也は笑顔のまま顔を上げたが、

「……花鳥さん……」

と、予想外の見舞客に、表情を強張らせた。

相変わらず、人間の姿の花鳥は、着物を綺麗に着こなして冷静な面差しを崩さない。

「来てくれたんだな。ありがとう。そう言えば、美凪は……」

花鳥の後ろを見たが、誰も来なかった。

残念に思う雪也に花鳥は何の説明もせず、回復の祝いを述べた後で、率直に告げた。

「烈風様と美凪の婚礼がまとまりました。今日は、その日取りをお伝えに参りました」

その瞬間、雪也の頭に打ち抜かれたような衝撃が走り、聞き間違いかと思ってしばらく花鳥を凝視した。

しかし、花鳥の表情は変わらない。

その言葉が真実だと分かった瞬間、雪也はベッドから飛び起きて、花鳥の胸倉を摑んでいた。

「説明しろ。何があった。——何でお前は止めなかった⁉」

「止めるも何も、私は烈風様の眷属です。婚礼も、美凪本人から言い出した事です」

「嘘をつくな！　あいつがそんな訳……っ」

声に出した後、雪也はすぐに理解した。

「……俺のせいか……？　俺が、烈風によって負傷したのを、お前達や美凪は、見てたのか……⁉」

はい、と冷徹に答える花鳥に、雪也は胸倉を摑む手をこれでもかと握り締め、項垂れた。

美凪への申し訳なさと無力感が、一度に心をかき乱した。

風戸神社へ殴り込みに行こうとする雪也の激情を察したのか、

「行ってはいけません。退院手続きはまだでしょう? それに、あなたが負傷した日から、美凪は烈風様の花嫁として既に神の世界で暮らしています。もっとも、正式な婚礼は後日なので、まだ本殿の中の、一室で過ごしているに過ぎませんが……」

と諭すのを、雪也は遮った。

「それでも行く。本殿を破壊してでも美凪を連れ戻す」

「そんな事をすれば美凪が死にます。あなたが余計な行動を起こせば、今度は美凪が神の咎めを受けて死ぬ事になるのですよ」

「そうやって美凪を脅したんだろう!?」

「だとしても、全ては本殿の中という神の領域で交わされた話です。烈風様はもちろん、美凪も神の血縁者なので、正確には人間ではなく『半神』です。脅す脅さないは人間の感性の話であり、神の世界で起こった神同士、特に誓約は当人の心情など関係ありません。人間の介入の余地がどこにありますか」

「知るか! だったら俺が、人間を辞めてでも、それこそ烈風の天敵になってでも――」

花鳥の制止は耳に入らず、雪也は、今すぐ病院を飛び出る気でいた。

しかし、

「黙りなさい！　そのために私がいるのが、まだ分からないのですか！」

「……っ⁉」

突然の、激しい花鳥の大声が病室を震わせたので、雪也は思わず息を呑んだ。

状況が俄かに変わった雰囲気が、間違いなく雪也達の間に漂った。

花鳥が再び、冷静になる。

「……美凪を助けたいと思うのなら……。ベッドに座って、私の話を聞いて下さい」

花鳥に従って雪也は座り、それと向かい合う形で、花鳥が静かに椅子《いす》を引いて腰を下ろした。

「今の言葉は、どういう……」

驚く雪也が見つめると、花鳥の瞳は、冷静でも熱い感情に満ちており、

「……瀧本雪也さん。あなたは、私の名前が何というかを、知っていますか」

と問うたので、雪也はわずかに目を見開いた。

「花鳥……じゃ、ないのか？　ああ、そうか。美凪の話では、元々は火の鳥と書いて『火《か》鳥《とり》』だって……」

「はい。おっしゃる通りです。ですが……。さらに以前の私の名前は、風を取ると書いて、『風取《かぜとり》』といいました。江戸時代の、一部の町内の方々は、早口の会話によって言葉がなまり、短くなり、私の事を『かざと』と呼んでしまう者もいました。人々によって、

千本今出川に小さなお社を作ってもらえたのはその後です」

「……！」

教えられた内容に、雪也ははっと顔を上げる。

頭の中で、ばらばらだった事柄が繋がってゆく。

「じゃあ、お前が本当の……。風戸神社の祭神……？」

雪也が問うと、

「はい」

と、風戸神社の元祭神・風取大明神が静かに頷いた。

思いがけない事実に、雪也は、一度深呼吸して自分の気持ちを落ち着かせる。

今までの、小さな鳳凰だった花鳥の姿や、先日の本殿での話し合いで発覚した正体、そして、今しがた本人から聞いた真実を脳内で反芻《はんすう》した。

ごまも戸惑っているらしく、花鳥を見上げては、

「……うみゅーん……？」

と、何度も首を捻《ひね》っていた。

「それが本当だとしたら、どうして烈風の眷属なんかに……」

花鳥がわずかに、悔しさに耐えるように目を閉じる。

「……鳳家の歴史からも分かる通り、私は江戸時代の当時から、あくまで、町内に弱い風

を送る程度の、地域の小さな神でした」

ところが、天明の大火の時に、風の精霊・烈風が強大な風神の威を借りて大火の延焼を起こし、風戸神社に襲い掛かった。

低級の神でしかない風取大明神は瞬《また》く間《たま》に烈風に制圧され、祭神の座を奪われたという。

「延焼の拠点が欲しかったのと、精霊から神へと昇格したかったのでしょう。鳳家の初代・村屋政二郎が神社に願って誓約を結んだのは、その後です。政二郎は、風戸神社に祈った事は確かでも、私から祭神の座を奪った烈風と誓約を結んでしまったのです」

敗れた風取は、身分を墜とされて烈風の眷属にされた。名前まで取り上げられ、「火鳥」という名に変えられてしまった。

「読み方だけは似たようなものにしてやったぞ、という、あの時の、烈風の偉そうな態度は忘れられません。何も悪くないのに大火に虐げられた京の人達の事も、私の事も、勝利に酔いしれて何もかも見下していた」

一文字に結んだ花鳥の唇から、ぎり、という音が聞こえそうだった。

烈風は、何も知らない鳳家や大火直後の町内の人達の崇拝を受けて、町内の神として成長を果たした。単なる風の精霊から、低級でも立派な神となった。

「そうして、烈風は今でも『風戸神社』に、祭神として居座っているのです。この事について、鳳家の者は、美凪を含め誰も知りません。誓約による縛りの影響なのか、私が話してもすぐに忘れてしまいます」

花鳥の表情は、冷静でも真剣である。話せば話すほど、ほんの少しずつ、目に熱いものが宿っていくように見えた。

こんな風に話す花鳥が、今更、雪也に嘘をつくとは考えられない。

何より、愛宕山の千日詣で天狗と出会った時、天狗が「風戸神社のおん方様」と会釈した相手は、美凪ではなく、彼女の背中にいた花鳥だったのだと雪也は気づく。

(あの時、天狗が会釈してすぐ、花鳥が美凪の背中越しに顔を出した。「私達の事、知ってるの?」と天狗に訊いたのも、「巫女と私を」じゃなくて、「私の正体と巫女を」という意味だったのか……)

天狗もそのつもりだったので、巫女ではなく「おん方様」と言い、気配で分かると言ったのだろう。

新たな視点から見えた真相に雪也は目を丸くするばかりで、

「こんな話を、何で俺に……」

と、半ば呆然として尋ねると、

「烈風を、このままにしておけないと思うのは、私もだからです」

と、花鳥はわずかに身を乗り出した。

むしろ花鳥の方が、祭神の座を奪われた昔から、いかに烈風を倒して祭神の座を取り戻すかを、ずっと考えていたという。

「ですが初めから、私と烈風の力の差は歴然でした。向こうが強いのではなく、私が弱いのです。少しばかり、風を送れる力があるだけで、人間とほぼ変わりません。ですから私は、今までずっと、何も出来なかった。失敗もした。烈風にとどめを刺す手立てがなく、歴代の花嫁を見送るばかりで諦めていた。でも……」

花鳥はとうとう、耐えられなくなったのだという。

美凪と暮らすようになって、美凪の苦しむ姿を見て、もう一度奮い立ったのだという。

「ですが、私一人がやる気になったところで、どうにもなりません。祭神と元祭神の争いとなれば、他の神の介入は望めない。今回もまた、と、諦めていた私ですが……。思わぬ形で状況が揃ったのです」

それが、雪也の存在なのだと、花鳥は言った。

「俺が……？　でも、俺だってこうして、烈風によって死にかけて……」

落ち込みかける雪也を止めるように、花鳥がゆっくり、首を横に振る。

「そんな事はありません。瀧本さん。あなたは、あなたが思っている以上に私や美凪、そしてこの世界にとって、頼もしい力を持っているのです。何より、自らを犠牲にしてまで美凪を助けようとした心が、私にはとても嬉しくて……。──はじめに、あなたは私に、説明しろと言いましたよね。残念ながら今、私が心の中で抱いている事や考えている事について、これ以上お話しする事は出来ません。私はまだ烈風の眷属なので、いかにこの病院の結界が優れていても、深く話せば外に漏れて烈風の耳に届く恐れがあります。ですから……後はもう、美凪と烈風の婚礼の日取りしか、お話しする事は出来ません。むろん招待もしません」

もっとも、と、花鳥は語気を強めて顔を上げ、

「日取りと、婚礼の場所をお伝えする事だけは出来ます。ですから……婚礼の日は、あやかし消防士として、頑張って勤務して下さい」

最後の一言に力が籠《こ》もっていた。

そうしろという、花鳥からの、秘密の指示だった。

彼女が本気だという事は、既に雪也にも伝わっている。

美凪を助けるのだと婉曲《えんきょく》に聞かされると、じっとせずにはいられなかった。

「俺に、何か出来る事は」

「これ以上はお話し出来ないと言っているではありませんか。……どうか黙って、私を信じて『その時』を待っていて下さい。『その時』こそ、あなたの力が必要なのです」

美凪を助けるためにも、と告げた花鳥の顔が、初めて揺らいで険しくなる。

花鳥もまた、雪也と同じくらい美凪の事が大好きで、烈風の手から救いたいと願ってい

るのだと、よく分かった。

「……お前は、美凪の味方だと思って、いいんだな……？」

雪也が確かめると、人間の花鳥の姿の上に、幻のように鳳凰の姿が重なる。

大人とも、幼い少女とも聞こえる声で、

「——そうだよ。私は、風戸神社の元祭神で、美凪の相棒だもの」

と、凛々しく微笑んだ。

その後花鳥は、美凪に渡すためだとして、ごまの勾玉の破片を所望した。

「美凪との思い出を籠めるつもりで、破片に霊力を流して下さい」

請われるままに、雪也は、十センチほどの細長い破片を両手で包んで霊力を流し込む。

美凪との思い出は、すなわち消防の思い出ばかりで、

（彼女を、もう一度この目で見たい。これからも一緒に、あやかし消防士と風の巫女として、災害に立ち向かって生きてみたい）

という、彼女を恋う強い思いが、雪也の中で巡り巡って破片に注ぎ込まれる。

花鳥はその後、雪也から渡された破片を大事に持って病院を辞し、伝えられた婚礼の日取りやその場所を、雪也は何度も思い出した。

「……美凪……」

花鳥の話を聞いてから、雪也もまた、烈風に負けたくないと拳を握る。

それは単に、恋人を取り返したいという気持ちだけではない。

江戸時代でも災害に虐げられ、現代でも災害に虐げられている自分達の悔しさが、雪也の中で、ふつふつと湧き上がっていた。

(このままでは終われない……。俺達はまだ、生きているんだから)

たとえ自分達が勝てない弱きものだとしても、災害の神に抗い続ける。

雪也の消防士としての、そして、前世からの執念が、そこにあった。

＊

その日、烈風と美凪の婚礼が、神清学区の近くにある東山三十六峰の麓、広大な婚礼施設「天拝殿《てんはいでん》」で行われる予定だった。

この施設は、元々はさる宗派の本山で、大きな山門をはじめ複数の仏教建築や社殿建築を持つ京都の名所として知られていた。

しかし、神仏習合を色濃く残していた関係もあって、宗派の分離や別の場所へ移転するなどの大事業が敢行された。敷地《しきち》や山門、数多くの建物は残されて売却され、リゾート運営会社が敷地を丸ごと買い取った。名高い景観や建築物は概ね残して整備され、新たに、婚礼施設や宿泊施設が建てられた。

その結果、さる宗派の本山は、「天拝殿」という新たな京都の名所として生まれ変わり、一時全国的な話題をさらっていた。

実は天拝殿は、リゾート会社の社長が霊力持ちだった関係で、あやかしや、低級・中級の神達の滞在や宴席の施設としても提供されていた。特に、氏子や本殿を持たない中級の神々に利用され、天拝殿が、一時的な神域となる事もあった。

神から見たその利便性から、美凪達の婚礼も天拝殿で挙げる事になり、烈風が命じた男性の眷属の働きで、他の低級の神々や鳳の本家・分家の代表者も婚礼に招かれて、天拝殿に集まっていた。


東山に抱かれ、紅葉に覆われて、寝殿造りや渡り廊下が美しい宴会施設の大広間では、披露宴の準備が整いつつある。本殿と呼ばれる別の挙式会場でも、挙式の最終確認が始まっているという。

「新婦様。もうまもなくですからね」

それを、講堂の奥の花嫁の控室《ひかえしつ》で、「従者」と呼ばれる天拝殿の従業員から聞かされた時。

振袖《ふりそで》に白打掛という花嫁衣装に身を包んでいた美凪は、汚れ一つない畳から腰を上げる。

ゆっくりと御簾を上げて、渡り廊下を静かに進んだ。

鮮やかな紅葉には一瞥《いちべつ》もせず、俯いたまま、講堂の玄関から広い敷地内に出る。

砂利が敷き詰められていて、至るところに紅葉が植わっている。

伸びやかなお堂を模した宿泊施設や、社殿様式の華やかな宴会施設の屋根が、紅葉の間から見えている。

それらがどんなに、京都の名所と呼ぶに相応しい絶景だったとしても、美凪の心は動かなかった。

（今更、喜びの心を持ったって、何の意味もない。うちは今日、挙式と披露宴が終わったら、この世から去って、ずっと神の世界で暮らすから……）

従者が来る少し前。

花嫁の控室に、美凪の本当の父親が来た。大阪から引き取られて以来の、十数年ぶりの親子の再会だった。男性の眷属から聞いた話では、美凪が嫁いだ後の処理は、全て父親が行うという。

父親が美凪に会いに来たのは情があったからではなく、単に物珍しさで、烈凮に娶られる娘の姿を覗いただけ。

父親に同行して初対面だった姉は、美凪と話せば、自分も烈凮の花嫁にされると思ったらしい。ひたすら父親の背後に立って、渡り廊下から忌避するように美凪を眺めるだけだった。鳳本家と、父親以外の分家の者達は、美凪を訪ねる事すらしていない。

父親や姉とも、今更仲良くなりたいとは思わない美凪だったが、まるで見世物のように控室を覗かれて、面白そうに哀れみの眼差しを向けられたり、本家や分家から無視される自分の存在が、何だか酷く馬鹿らしかった。

(まぁ、この結婚は、生贄の儀式みたいなもんやから。花嫁が見世物のように思われたり煙たがられても、仕方ないか……)

本当に歪な結婚だと、美凪は紅葉のトンネルのような敷地内を歩きながら、悲しく笑う。

周りの美しい景色は皆、美凪に同情するかのように静まり返っていた。

天拝殿には、本山時代の名残の大きな池があり、清水を蓄《たくわ》えている畔《ほとり》には、大きな石の鳥居がある。

波一つないその池の前に、美凪は立つ。

いっそ地を蹴《け》って、ここへ飛び込んでしまおうかと考えたが、そんな事をしても雪也は解放されない。美凪が生きて結婚しない限り、雪也の身の安全は保障されないのだった。

「…………」

どうしようもない想いを抱えて立ち尽くしていると、背後からふっと一陣の風が吹く。

振り向くと、婚礼衣装の羽織袴を風で膨らませた烈風がいて、相変わらず、襟元の上には鏡が浮いていた。

鏡は、美凪や周りを映さず、ボヤっとした人の顔だけを浮かび上がらせている。

「何をしている」

威丈高《いたけだか》に問われ、

「池を見ていました」

とだけ、美凪は答えた。

「まもなく挙式だ。我の旧知や鳳の者も呼んだから、さぞ賑やかな婚礼となるだろう」

「……ありがたく思います」

美凪はすっかり気力を失くして答えたが、その言い方が、烈風の気に障《さわ》ったらしい。

「嬉しくないのか。喜べ。笑え」

一瞬、蒸し暑い風が辺りに漂い、美凪の体に風がまとわりついて拘束する。

風が強引に浮かせて烈風のそばまで引き寄せて、美凪は、鏡から人間の体を生やして羽織袴に通した烈風に強引に抱かれた。

「……っ⁉」

烈風に捕まったと同時に、美凪の眼前に鏡が近づく。

そこに映る、ボヤけた人の顔の口が開く。

「ひっ……⁉　何……っ⁉」

口からはぼんやりと、わずかに赤い舌が出て美凪の唇を求めている。烈風なりに強引に、口付けする気なのだと分かった。

「嫌っ！」

咄嗟に美凪は顔を背けて抵抗したが、烈風の腕力と、拘束の風が強くなって逃げられない。

まるで、空気で出来た巨人の手のような風で全身を掴まれている美凪は、別の細い突風によって、ぐいっと顔を烈風に向かせられる。

「やめ……」

「この期に及んでまだ拒む気か。お前は我のものだ。神の花嫁だ！」

拘束の風の圧迫感や、絶望で、美凪の胸が苦しくなる。

（ああ、うち、災害の神と口付けしてしまう。ほんまに花嫁になってしまう……）

自分の人生はこんなに儚いものだったのか。

反射的に、美凪は目に涙を浮かべて、ぎゅっと瞑った。

己の運命に悲しくなったが、同時に、一度決めたのだから受け入れるという、残った最後の強さが心に蘇る。

それは雪也を思い出したからであり、

「烈風様……。あなたが災害の神様やったら……。うちは、あなたという神の妻であると

「同時に火消しの神様になって、皆を守ります」

と、厳かに呟いた後は、自身の瞳に目の前の烈風ではなく、雪也の幻影を映した。

両手でしっかり、鏡の縁を掴んだ。

（それがうちの、この世で最後に出来る事）

そのまま、烈風の口付けを受け入れて結婚し、本当に女神になって雪也とこの先の世を守るのだと、秘かに誓った。

烈風の鏡面と、美凪の唇とが触れそうになった、その瞬間。

背後から誰かが走ってきて、強引に美凪を抱き寄せる。

「あなたが神になる必要はありません。これからもずっと、あなたは火消しの巫女です」

呟きが聞こえ、誰かの拳によって烈風の鏡面が大きな音を立てて割られたのと、耳をつんざくような烈風の悲鳴が上がったのは、全くの同時。

「――あぁぁあああぁぁあっ⁉　花鳥ィっ⁉　何のつもりだぁっ⁉」

ひび割れて、軋《きし》んだような烈風の怒号が辺り一帯に響き渡る。

美凪が驚いて顔を上げると、黒留袖《とめそで》を着た花鳥によって、美凪は烈風から引き離されていた。烈風の鏡面に突き出された花鳥の手には、大きな水晶の破片が握られている。花鳥の拳ではなく、その先端によって鏡が砕かれていた。

「雪也……！」

美凪には、破片から漏れ出た気配で、水晶が雪也の式神・ごまの一部だと分かる。

真ん中で、激しく鏡面を割られた烈風は、そこが神としての急所だったらしい。

美凪への口付けに集中し、美凪から掴まれて身動きが取れず、そこへ、花鳥の奇襲を受けた烈風の急所を、まっすぐ穿《うが》った水晶の破片。

水晶には魔除けの力が宿っており、さらにこれはただの水晶ではなく、あやかし消防士として、火災と戦う雪也の強い想いと霊力が込められたものだった。

それらの組み合わさった要素が余程有効だったのか、烈風は小さな破片をぱらぱらと落としながら呻いている。

「ぐっ……！　ぅくあぁぁ……っ」

鏡面には、破片を通して雪也の霊力が流れ込んでいるのか、ひび割れを境目にあらゆる光景が映し出される。

火災と戦うあやかし消防士の雪也や、消防団員として訓練に臨む美凪の姿。

天明の大火の光景や、祇園祭で火災の恐怖に負けず初期消火を行う人々。

酷暑の真夜中にも拘《かかわ》らず、防火を祈って愛宕山に千日詣する人々や、避難誘導する先斗町の人達など、あらゆる手で災いから生き延びようとする人間の姿が映り、その不屈の連綿とした精神が、烈風に染み込んでゆく。

「食われる……っ！　呑み込まれるぅ……っ！」

抗う烈風に、花鳥はさらに冷静な瞳で破片をぐっと押し付けて、隙を見てもう一度振り上げて叩きつける。

鏡面の、全て砕けて地面に落ちる音が、負けてたまるかという雪也の声になった気がして、

「天明以来の私の怒りだ！　受け取れっ！」

と花鳥が叫ぶと、烈風が再び悲鳴を上げて爆風を起こした。

花鳥と美凪は吹き飛ばされ、砂利に体が打ち付けられる。

「う……っ！」

「花鳥さんっ！」

美凪は花鳥に庇われて無事だったが、花鳥は背中を強く打ったらしい。低い呻き声の後は、起き上がれなかった。

「大丈夫ですか花鳥さんっ！」

「美凪……」

痛みで顔を強張らせながら、花鳥が必死に、美凪に水晶の破片を握らせる。

「お守りです。持っていなさい」

美凪が懐《ふところ》にしまって顔を上げると、烈風も重傷を負っている。羽織袴は完全に地面に落ちて、鏡しか浮いていなかった。

その鏡さえも、鏡面を全て失っている。落ちた破片があちこちに散らばって砂利と混ざっており、今の烈風は人間でいう骨だけの、何も映さない枠だけだった。

「花鳥ぃ……！　愚かな……っ！　我を殺して、祭神の座を取り返す気か……っ⁉」

驚いて美凪が花鳥を見ると、花鳥が気力を振り絞って起き上がる。しかし口角を上げており、目は勇猛さを湛《たた》えて烈風を睨み返していた。

「元祭神が、仇《かたき》を殺して返り咲く事に何の問題がある……っ！　ここは今、仮初《かりそ》めの神域で、お前も私も人間ではない。誰も咎められず、お前だけが死ぬんだ……っ。お前を確実に仕留められる武器で、お前を確実に穿てる時を待っていた！　元祭神・風取大明神が命ずる！　――直ちに滅せよ！」

花鳥が威厳溢れる声で叫ぶと、それが言霊となって鏡の枠が軋む。烈風が、自らを破壊されないよう負けじと咆哮する。

駄目もとで美凪も両手を合わせて強く祈ると、それが、花鳥の言霊を後押ししたらしい。

鏡の枠が破裂して、烈風が塵《ちり》となって消えた。

しかし、消滅したのも束の間、消えた鏡の代わりに豪炎のような巨大な龍が現れて美凪に襲い掛かり、一瞬で咥えて飛び上がる。

「きゃあっ！」

「美凪！」

「みくびるなぁッ！　よもや、火霊というものを知らぬお前らではあるまいっ！」

突如現れた豪炎の龍の正体は、烈風だった。

最後の最後で己の抵抗を力に変えて、巨大な火霊に変貌《へんぼう》したのだった。

そのまま、美凪は飛翔《ひしょう》した烈風に攫われて、花鳥の追跡を振り切るようにあちこちへ飛んで連れて行かれた後は、天拝殿の最も高い場所の、山の中腹にある三重塔《さんじゅうのとう》に放り込まれる。

「――っ！」

「そこでよく見ておけ！　火霊となった我が全てを食らい、葬り去るのを！　人の分際で神の嗜虐《しぎゃく》に盾突いた事を、泣いて後悔させてやる!!　その後で、お前も燻《いぶ》されて死ね！」

塔の扉が勢いよく閉じられて、外で爆発音がした。

美凪は急いで扉に駆け寄ったが、扉そのものが重くて開かない。烈風の執念による風も加わっているらしく、恐ろしい風圧が押し返した。

小窓に駆け寄ると、麓の講堂や本殿など、天拝殿のあらゆる場所から煙と瘴気、そして火の手が上がっている。

「そんな……っ！」

全て、火霊となった烈風が起こした、大規模な火霊火災だった。

烈風という神が火霊になると、ここまでの惨状になってしまうのか。

小窓には、絶えず誰かの逃げ惑う声や避難誘導の声が届いており、非常ベルのけたたましい音も交じっている。

熱風が外から吹き込んで、鋭い風の音がする。烈風が起こしたその風によって、類焼まで起きているらしい。天拝殿はもはや手の施しようがなく、刹那に、天明の大火を思い出した美凪は小窓から顔を離してえずいた。

「うっ……！」

烈風を倒し切れず、火災が起きた事を悲しむ暇もなく、煙や瘴気が美凪のいる三重塔にまで入り込む。烈風の起こしている風に乗って、内部にどんどん流れ込んで充満してゆく。

（あかん……っ！　ここも危ない！　山火事になる……！）

麓一帯が燃え出すと、上へいくという火の性質上、山全体に達して巨大な山火事となる恐れがある。早くここを出て下りなければ、美凪の命が危なかった。

美凪は急いで白打掛の袖で鼻と口を覆って建物の端に寄り、煙や瘴気を吸わないよう床を這いながら、必死に出口を探す。

（駄目。どこにもない……っ！）

この三重塔は元から、人が入る事を想定して建てていなかったのかもしれない。ゆえに扉が一ヵ所しかなく、重いのだろう。

それでも、塔のあらゆる隙間《すきま》から、絶えず熱気や煙、瘴気は無慈悲に入り込み、唯一外が見える小窓からは、麓の天拝殿一帯が燃えているのが分かるだけ。火の手がどこまで迫っているのかなどの、細かい状況は全く分からなかった。

時折、麓から烈風の声が聞こえてくる。しかしそれは人の言葉ではなく、龍の咆哮のような風の音だった。鏡だった時の自分はすっかり失われて、完全な火霊と化したらしい。

（あぁ、『烈風』はもう、消滅したんや……。花鳥によって、退治されて……）

烈風と花鳥の会話を思い出し、花鳥が実は、風戸神社の本当の祭神だったと分かって改めて驚く美凪だったが、同時に、花鳥が自分を救ってくれた事に感謝する。

（花鳥……！　ありがとう……！）

彼女は、この火災から避難出来ただろうか。それを確かめる事すら、今の美凪には叶わない。どうか無事でいますようにと願ったが、それ以上に危険なのは、今の自分の身だった。

（どうしよう。ここには消火器もない。非常口もない。防災のための備えが何もない……！）

動きにくい花嫁衣装というのもあって、疲労で体が重くなる。煙と瘴気の中でいくら脱出方法を考えて試してみても、次々と手詰まりになる。

やがて、吸い込んでしまった瘴気があり得ない思考を引き起こし、

（なぁ、美凪……。俺と一緒に、このまま死んだらいいじゃないか。何も考えずに、楽にしてればいいんだよ）

という、煤だらけの雪也の幻覚が甘く囁いて、美凪の精神を極限まで追い込んだ。

（嫌や、やめて……っ！　雪也はそんな事言わへん！　火事で諦めろなんて、絶対に……！）

自分が勝手に作ったものだと分かっていても、偽の雪也に縋って全てを投げ出したくなる自分の心を、美凪は必死に否定した。

その時咄嗟に、懐にしまった水晶の破片を思い出す。

（……雪也……！）

取り出して、それがわずかな光に反射した時。美凪の瞳にも光が宿った。

（そうや……。そうやった）

雪也は、消防士だった。

自分が生き延びてさえいれば。

必ず、彼が助けに来てくれる。

消防局や消防団の皆が必ず、この火災を何とかしてくれる。

美凪はそれを信じた。

（まだ、うちは、終わってない……！）

心に希望が生まれて、災いの神への、不屈の闘志が巻き返す。

（今、『逃げ遅れた』自分に出来る事は……！）

消防団員の経験や知識を総動員して、身を低くし、最小限の呼吸で床を這う。

白打掛や小物、帯、帯紐、振袖さえも脱いで美凪は綺麗な長襦袢《ながじゅばん》一枚の姿となり、塔内の隙間という隙間にそれらを詰めて煙や瘴気を防ぐ。

幸いにも、花嫁衣装は西陣織をはじめ職人による逸品《いっぴん》が多いので、衣装自体が多少の霊力を持っている。それが特に、瘴気を防いでくれたのはありがたかった。

自分の命を守る「自助」を保ちながら、さらに美凪は両手を合わせる。

（うちのありったけの祈禱が、少しでも、火事を抑えてくれたら……っ！）

今まで培ってきた巫女としての実力、そして、誇りをありったけ全身に巡らせて、祈り続けた。

（今のうちは、『災いの巫女』なんかじゃない……！　火消しの名門・鳳家の娘。左京消防団の、神清分団の副分団長……！）

そしてつい先ほど、咄嗟に花鳥が名付けてくれた、「火消しの巫女」。

自分の想いと花鳥による命名が、祈禱を「烈風との誓約によるもの」から、純粋な美凪の異能へと上書きしてゆく。

（うちの存在は、今、抗って生き残るためにある……！）

自分がどこまで出来るか分からなかったが、今までの自分や花鳥、そして、雪也のためにも絶対に諦めないと、美凪は強く誓った。

＊

──広域火霊火災指令。左京区。本山町《ほんざんちょう》一一。全隊出陣。一番隊、二番隊、三番隊……。

ついに「その時」が来たのだと、雪也は分かった。

まだ、事情も状況も分からないが、花鳥が言っていたのはこの事だったのかと、全身で武者震いした。

勤務中の雪也のもとに入った、火霊火災の指令。

現場の本山町とは、町名ではあるが、その全てがとある施設の敷地だった。

「あそこって事は……。燃えてるのは『天拝殿』か」

前田隊長の言葉に、雪也は頷いた。

美凪と烈風が、今日、婚礼を挙げているはずの場所だった。

直ちに雪也ら一番隊は出動し、現場に着くと、既に下鴨二番隊が消火活動を始めている。

左京消防署や東山消防署の消防隊も駆け付けており、神清分団をはじめ地元の消防団も到着していた。

火霊火災から繋がった実際の火災を消火したり、背中に背負ったジェットシューターで周辺の建物や草木を濡らして延焼を防いだり、現場規制や避難誘導などに従事していた。

広大な敷地を持つ天拝殿は、既に全域が炎上して完全に煙・瘴気に包まれている。恐ろしいまでに鮮やかな、紅蓮《ぐれん》の炎《ほのお》があちこちで上がっている。時間が経つにつれて消防車の数が増え、サイレンの音が重なって町中に響いた。

山門近くの広い駐車場では、避難した人達やあやかし、施設の従業員、低級の神などが集まって、天拝殿の大火災を見上げて慄《おのの》いている。

雪也はすぐに花鳥を探したかったが、単独行動は出来ない。

(もし、ここに美凪や花鳥がいたのなら、避難していますように)

願う中、前田隊長や現場の指揮を執っている下鴨二番隊の指揮隊長に呼ばれる。

現場指揮本部へ向かうと、そこに、あやかし消防士達に交じって、顔や着物を煤で汚した花鳥がいた。

「花鳥さん！」

雪也が走ると、花鳥も駆け寄って雪也の手を摑む。

防火服越しでも分かるほど、花鳥の手が震えており、呼吸も荒い。顔は、悔しそうに歪めている。

「花鳥さん……？　美凪は」

「烈風は、私が倒しました。ですが、やはり詰め切れず、奴が火霊となって……！　美凪は攫われて、どこかに連れて行かれました」

息を呑んで目を見開く雪也に、花鳥から話を聞いたらしい二番隊の指揮隊長が、敷地内を指さす。

「この方の目撃情報では、彼女はここのどこかにいるらしい。それが証拠に、火災の規模の割には敷地の外に延焼してないし、火勢もさほど大きくなってない。誰かが強い能力で、内側から火を抑えてるんやと思う」

「――！」

そんな事が出来る人間を、雪也は一人しか知らなかった。

指揮本部が集めた情報によると、敷地内にいた従業員や出席者、あやかしや低級の神はほとんどが避難誘導に従って逃げて、無事が確認されている。

しかし一人だけ、火霊となった烈風を除き、絶対に現場にいたはずなのに連絡の取れない人がいるという。

「やっぱり……っ！」

この、広域火霊火災の要救助者は、一人だけ。

今、敷地内のどこかで必死に火災を抑えている、美凪だった。

前田隊長が素早く、指揮隊長と話して救助活動の調整をする。

花鳥がもう一度、雪也の手を握った。

「花鳥さん」

「瀧本さん。――美凪は今、あなたの水晶の破片を持っています。私が彼女に渡しました。こういう時のために」

「じゃあ、美凪がまだそれを持っているのなら」

「はい。どんなに微かな気配でも、辿って探し出す事が出来るでしょう。あなたなら」

それを聞いた雪也が、冷静に、決意すると同時に。

「――お願いします。今の私では、もう何も出来ない。あの子の無事を、祈る事しか出来ない」

花鳥が雪也の手を握ったまま、深々と頭を下げる。

「美凪を、助けてあげて」

心の底から絞り出すように、懇願した。

雪也は、溢れんばかりの気持ちを落ち着かせて、ゆっくり、花鳥の両肩を摑んで顔を上げさせる。

「……大丈夫。彼女は必ず、俺達が助けます」

この火災も、必ず鎮圧します。

雪也の力強い言葉に花鳥は涙ぐんで頷き、指揮隊長の指示に従って駐車場へ避難する。

「──ごま。いけるか」

雪也は懐から、欠けた水晶の勾玉を出して呪符を胸に貼り付けて、相棒に呼びかけた。

「うみゅん！」

勾玉が鳴き声を上げて変化して、気迫と霊力がたっぷりの水の龍になる。

振り向くと、前田隊長や一番隊の隊員達も立っていた。

「今、下鴨の指揮隊長と調整して、敷地内の消火は他の隊が担ってくれる事になった。お前の水晶の破片を要救助者が持ってると聞いたから、お前が先頭に立って、水晶の式神で消しながら要救助者を探せ。俺らはそれに追随して、救助の補佐役を担当する。——出来るよな」

「はい！」

雪也の目の端に、遠くで、他の分団員と共にジェットシューターで駐車場を濡らして延焼を防ぐ福田さんが映る。

(瀧本くん。頼んだで)

目の合った福田さんが一瞬だけ敬礼したのを見て、雪也も敬礼した。

前田隊長が、冷静に現場全体を見据えた。

「さぁ、皆行こう。——町内の避難完了！　逃げ遅れ一名あり！　これより、強行検索を開始する！」

「御意！」

雪也達は、伝統の独特の返事と共に、朱色の狐面を装着する。

占いによる火勢の予測に強い下鴨二番隊や、はしご車を持つ山科三番隊、最大の隊員数を誇る上鳥羽四番隊に、結界術に特化した嵐山五番隊。

それぞれが特色を生かして、連携して消火活動にあたる中。

「突入、開始ーッ！」

機動力に富む雪也ら御所西一番隊は、一斉に駆け出した。

渦巻く炎と煙、そして、瘴気の中に突っ込んだ。

その瞬間、敷地の奥で爆発音がして、もはや烈風ではなくなった火霊の怒号が天を裂く。


――どこまでも……己の無力を自覚せず、神に抵抗する愚か者どもめ……っ！　ならばいっそ殺せ！　火霊となり、災いとなった我を消して見せろ！　人が森羅万象を相手に、勝てるかどうかを証明して見せろ！


火霊の怒りを表すかのように、敷地内いっぱいに烈風が起きた。

しかし、どんなに風が炎を増しても、敷地の外には延焼しない。

美凪が、水晶の破片を持っている影響か、敷地いっぱいに美凪の霊力が染み渡っているのが雪也には分かる。

それこそが、まだ美凪がどこかで祈禱を続けて、必死に生き延びている証だった。

火霊の猛攻を前にしても、雪也達は一切動じない。

他の消火活動中の消防官達も、福田さんをはじめ神清分団の団員達も、他の消防団員達も、ただ冷静に、風が強くなって状況が変わったと判断して、消火戦術と道具を駆使するだけ。

この場にいる者は全員、災害を捻《ね》じ伏せるのではなく、逃げ遅れた者を助けて火を消す事だけを考えていた。それが雪也達の、災いの神に対する戦いで、抵抗で、勝利のあり方だった。

雪也達は、山門をくぐって消火中の宿泊施設を横切って、下鴨二番隊の放水や無線から聞こえる卜占《ぼくせん》指示の援護を受けながら、燃え盛る講堂の中に進入する。

木造の寝殿造りや渡り廊下は、どこもかしこも、紅葉まで炎に屠られて熱波の世界。煙や瘴気が充満して視界も悪い。

狩衣と十二単の防火装束を纏った先輩隊員二人が直ちにぱんと一拍手して、

「急急如律令!」

と呪文を唱えると、鯉や蜘蛛、大山椒魚といった水で作られた生き物が次々現れて火や瘴気に突撃して、瞬く間に相殺した。

激しい蒸発音に熱波、焦げ臭さの中で、他の先輩隊員達も頭の兜や羽織袴も勇ましく、水に包まれた打刀で炎を切り伏せる。

皆の援護を受けながら、雪也はくまなく講堂を検索し、

「美凪！　いるか⁉　いたら返事してくれ！」

時折声を上げて耳を澄ませたが、気配すら感じられなかった。

即座に、雪也達は切り替えて裏から講堂を出て、敷地内を走る。

先輩隊員の呪文と、水の式神達の突進による消火、水・氷の太刀による切り伏せ、他の消火隊員のホースによる激しい放水の音や白い煙に包まれながら、「本殿」と呼ばれる式場や「伽藍《がらん》」と呼ばれる多目的ホールなど、あらゆる場所を検索する。

残すは、山道に作られた階段を上った先の、中腹にある三重塔だけ。

雪也がそこに意識を集中させると、間違いなく美凪の気配を感じた。

「あそこです！　彼女は、塔の下か中にいます！」

大至急向かおうとした途端、烈風が現場に吹き荒れて、威嚇するような奇声を発した巨大な炎の蝶が雪也めがけて飛んできた。

咄嗟に雪也は、それが火霊に取り込まれた男性の眷属だと分かる。雪也を焼き殺すという執念で以《もっ》て、巨大な火霊「赤蝶々《あかちょうちょう》」が真正面から襲ってきた。

雪也達が瞬時に伏せて避けても、気流に乗って飛ぶ赤蝶々は奇声と火の粉を上げながら旋回する。今度は低空飛行で突進し、雪也達を足元から掬《すく》って倒す気だった。

雪也は瞬時に対応を選択し、真っ向から身構える。ごまの胴体を持って敵に向け、思い

切り放水しようとした。

しかし、それとほぼ同時に、

「瀧本！　お前の霊力は親玉のために取っておけ！」

と、雪也と同じ防火服を着た先輩隊員が頼もしく声を張り上げ、雪也の前に立ってくれる。

自慢のインパルス銃を、仁王《におう》のような体軀《たいく》でぐっと踏ん張って構えて、

「何が森羅万象だ。人間もその一部だ舐めんなよ！　――目標よし！　喝！」

と、呪文のように叫んだと同時に、火難除けの護符を溶かした特製の水球が発射された。

爆発のような射出がまっすぐ飛んで、赤蝶々に見事命中する。

撃ち落とされても尚、起き上がって燃え上がろうとする赤蝶々に、先輩隊員の二発目がとどめを刺した。

蒸発音と断末魔の叫びを上げて消火された、赤蝶々の煙や瘴気から目を離さないまま、先輩隊員が山上を指す。

「瀧本！　前田隊長！　ここは自分達に任せて上へ！」

「ありがとうございます！」

周辺の消火を先輩隊員達に託して、雪也と前田隊長は山道の階段へと走り出した。

その時、怒りの籠もったような風の荒れ狂う音がして、雪也達が階段に辿り着く直前に、左右に広がる山中が一気に炎上する。

風によって火の手が延びて、山にまで燃え移ったらしい。早くしなければ三重塔にも及ぶと懸念した雪也達の行く手を、炎と瘴気が無慈悲に阻む。

さらに、重なるような獣の唸り声がしたかと思うと、燃え盛る山中から数十匹の、炎で出来た山犬が飛び出してきた。

「風に乗って寄って来よったか！　『赤犬』か！」

前田隊長の声と同時に、火霊の一種・赤犬の群れの一匹が牙を剝いて跳躍する。

続けて、もう一匹も雪也に襲い掛かったので、前田隊長は冷静に、わずかに身を屈《かが》めながら氷の太刀を振り上げて赤犬の胴体を横薙《よこな》ぎした。

雪也もすかさず猟師の如く片膝を立てて、ごまから放水した。

「うみゅーん！」

正確に火霊を斬った前田隊長の太刀が、氷の破片を散らして光を反射させる。

力強く鳴いたごまの口から、細くて鋭い水が放たれる。

それぞれ襲い掛かった赤犬のどちらも、鮮やかに斬られたり、撃ち抜かれたりして、蒸発音や白煙を出して消火された。

熟練の指揮官でもある前田隊長は、ただちに残りの赤犬全てを一手に引き受け、

「行け！」

と、ただ一言、雪也へ指示を出すのへ、雪也も「はい！」の一言だけで走り出した。

山道の階段に突入し、炎を消火しながら突き進む。急な階段を登り切ると、石垣の上に鎮座している三重塔がある。

その瞬間、塔の頂上から激しい熱風が吹き荒れて、巨大な炎の龍が真っ逆《まっさか》さまに急降下していた。

——お前も道連れだ！　お前が焼け死にさえすれば、我の勝ちだ！

雪也の反応も間に合わず、咆哮を上げた炎と竜巻の融合体、龍の頭を持った「火災旋風」が、体当たりのように雪也を咥えて飛び上がった。

「ぐっ——！」

あと少しだったのに、と思う暇もなく、あっという間に雪也と火災旋風の高度が上がる。

雪也は必死に抵抗したが、風圧が強くて離れられない。

空や雲が真横に見え、眼下には、炎上中の天拝殿全域が広がっている。前田隊長をはじめ、奮戦中の消防官達が豆粒のように小さく見えた。

火災旋風が、雪也をしっかり咥えながら叫び、

――このまま死ねぇ！　しつこいのも大概にしろ！　貴様なぞ、所詮は風と炎に弄ばれ、潰されるだけの存在でしかないっ！

その直後に、火災旋風の温度が一気に上がって、雪也の体をじりじり焼いた。

「まずい！　服が……っ！」

消防官が纏う防火服や防火装束は、千度以上まで耐えられるが、それも永遠ではない。一秒でも早く火災旋風から離れないと焼け死んでしまうが、同時に、火災旋風で上空に飛ばされている今、離れる事は転落死を意味していた。

（どうするっ⁉　片方だけじゃ駄目だ。脱出と着地の両方を成功させないと死ぬ！）

放水で火災旋風を消し、落下の際も放水して着地する事が、賭けに近いが雪也の考えた唯一の方法。

しかし今、火災旋風の温度は極限まで上がっており、自分の全ての霊力を使って放水しても、消火出来るかどうか分からなかった。

（高度か、温度か！　せめてどちらかを下げないと霊力が足りない！）

ふと刹那、雪也は、前世も火災旋風に屠られた事を思い出し、心の底から悔しさが込み

上がると同時に今度は絶対に負けないと誓い直す。

(何かあるはずだ！　何か、勝機の一手を——)

どんなに追い詰められても決して諦めず、雪也が必死に考えていた、その時。

激しく吹き荒れる火災旋風に交じって、涼しく、清らかな風が、一陣吹いた。

雪也の全身を、誰かの霊力と祈りの力が包み込み、脳裏には、手を合わせて必死に蹲る女性の姿が浮かぶ。

(美凪……！)

その一瞬だけ、雪也は熱さも焦りも全て忘れて、

——ゆき……。雪也……！　負けないで。うちは待ってるから……！　必ず会えるのを信じて、生き延びるから……っ！

と、心の中で響いた声は、間違いなく美凪の声だった。

「——っ！」

雪也は目を見開いて、最高の一手を得て体に霊力がみなぎるのを感じる。

さらに、美凪の祈禱の本当の狙いは火災旋風だったらしく、

――お、のれ……！　おのれぇぇぇ！　人間如きの祈禱が、我を消すというのかぁぁッ⁉

と苦しんで叫び、身を捩《よじ》る火災旋風の龍の温度は、明らかに一気に下がっていた。

（今だっ！）

間髪容れず、この絶好の機を逃さず、雪也はごまの口を迷いなく火災旋風の龍の口に突っ込む。

「ごま！　いけぇーっ！」

叫ぶと同時に、全力でごまに霊力を流した。

ごまの水の龍の口から、咆哮だけでなく激流とも言える水が放たれて、その水さえも龍となって、火災旋風に食らいつく。

火災旋風は一瞬だけ目を見開き、周辺の空を切り裂かんばかりの叫び声を上げて抵抗したが、やがて爆発のような音と白い煙を上げて雪也を包んだと思うと、竜巻のような風となって消滅した。

火霊と人との真っ向勝負は、雪也達の勝利で終わったが、火災旋風が消火された瞬間に

雪也は真っ逆さまに落ちていく。

「――っ！」

しかし、雪也の心に、恐怖はなかった。

ただただ、救助を待っている美凪の事だけを考えて、冷静にごまの体を摑んでいた。

（美凪、絶対に生きててくれ。俺は必ず君のもとへ行く。必ず君を助けにいく。今の俺の全ては、君のためにあるから！）

上空から落下して、空気を裂く音が甲高《かんだか》く響く中。

雪也はごまの口の方向を調節して、自分の体が天拝殿の山中の、三重塔へ飛ぶようにする。

「ごま。まだ頑張れるよな。終わりじゃないよな！」

「うみゅーん！」

ごまが元気に呼応する。雪也もごまも、火霊に勝利した余韻に浸る事なく、最後に残った一番大切な仕事に向けて気持ちを集中させる。

「――火に臨み　スワ《驚き》が覚悟は不覚悟ぞ　常にするをば　覚悟という！」

美凪との縁で、送り火の夜に習得した、『愛宕宮笥』の和歌を唱えた後。

「放水、開始ーッ！」

雪也の叫びと同時に、ごまの口からインパルス銃のように、一発、二発、三発と、水の大爆発が放たれた。

続いて、雪也の体を押し出すような、激しく長い水流が飛び出した。

それらの強い反動で、雪也の体が真っ逆さまではなく、斜め下方に飛んでいく。

山と自分が近づいた瞬間に雪也は空中で素早く体勢を山に向けて、

「ごま！　ラストだ！」

「うみゅーんっ！」

と、息の合った激しい放水を木々に放つと、それが緩衝材となって着地成功に繋がった。

「ぐっ！」

綺麗な着地ではなく、背中をはじめ全身を打ったが、幸運にも計算通りに、動けないほどの負傷はない。

たとえどれだけ骨折していようとも、這ってでも美凪のもとへ向かうと決めている雪也はすぐに山中を走って山道の階段に出て、三重塔まで駆け上がった。

塔の前に着くと同時に、ごまの口を扉に向けて、ウォーターカッターのように破壊して力の限り扉を外すと、暗い塔内の隅《すみ》で蹲っている人影がある。

長襦袢一枚で、必死に煙や瘴気から身を守って生き延びている美凪が、そこにいた。

「美凪！」

「雪也……！」

雪也が内部に駆け込んで、美凪が顔を上げる。

「要救助者発見！」

この世で、一番大切な存在をしっかり抱き上げた瞬間、上から燃えた木材が落ちてくる。

美凪が小さな悲鳴を上げたが、守りたい一心で極限まで冷静になっている雪也には、恐れはもちろん迷いもない。

上体で美凪を庇いながら落下物を避けて、小さな熱い破片が背中にぶつかるのも構わずに、真っ直ぐに、光射す出口まで駆けて外に飛び出した。

よく晴れた塔の周りには、赤犬を全て鎮圧した前田隊長の他に、先輩隊員達や沢山の消防官達が援護に駆け付けて、周りの火災を鎮圧している。

石垣の上は見晴らしがよく、天拝殿全体がよく見える。

敷地内の至る所で消火が進んでおり、鎮圧した事を示す白い煙が、天拝殿全域で上がっていた。

全てを理解した雪也は一瞬、目の前がさっと光に満ちた気がして、前世の無念も、今世での無念も何もかも、祓い清められたかのような喜びを得る。

（……ああ、俺達は……）

たった今、勝ったんだ。

一人の死者も出さず、この大火災を消し止めたのだ。

不意にぎゅっと、助けた美凪の手が、雪也の胸を握って縋りつく。

驚いた雪也が覗き込むと、美凪が震えて、綺麗な涙を流していた。

「雪也……」

ありがとう、と、小さな呟きが聞こえてくる。

閉じ込められていた恐怖と、生き延びた安堵と、烈風との運命を乗り越えた喜びが伝わってくる。

「……美凪。泣かないで。もう怖くないから……」

優しく雪也は呟いて、しっかり抱き上げている両手の代わりに、自らの頬で美凪の涙を拭う。

「よく頑張ったな。もう大丈夫だ。それに、また、君の祈りが俺に届いて助けてくれたよ。本当にありがとう。……また、生きて美凪に会えて、よかった……」

抱いている手にぎゅっと力を込めると、美凪も縋りつくように雪也の首に手を回して、その力を強くする。美凪からも自分からも、命の鼓動が脈を打っていた。

その後雪也は、美凪を救急隊へ確かに託して、前田隊長や先輩達と手分けして最終の消火活動を務め上げて、現場を後にした。

消火活動を終えても、雪也の心にはもう、前世からの声は響かなかったし、その必要もなかった。

京都市左京区、本山町。

天拝殿の大規模火災は、敷地外への延焼も一人の犠牲者も出す事なく、見事に鎮圧された。

同時に、京都の山の麓にひっそりと建つ、とある神社を占領していた災いの神が倒されて、新しい、優しい祭神がその座を取り戻して、生まれ変わった。

終章

多量の煙や瘴気を吸っていた美凪は、数日間の入院を余儀なくされたものの、雪也達の祈りが通じたのか後遺症もなく元気になった。

退院の日に、前田隊長の計らいでその日は非番になっていた雪也が病院で美凪を出迎えて、京都市左京区、神清学区の風戸神社まで送り届けた。

大文字山の麓に、ひっそり鎮座している風戸神社は、今日もしめやかな木漏れ日に照らされている。時折、軽やかな小鳥の鳴き声がして、穏やかな平和を謳《うた》っていた。

哲学の道の入り口でタクシーを降り、雪也と歩いて鳥居の前に立った美凪が、嬉しそうに深呼吸する。

「……うち、帰って来れたんやな」

その清らかな横顔や、澄んだ瞳に引き寄せられるように、雪也は後ろから美凪を抱き締めた。

「ちょっと。どうしたん？　いきなり」

美凪は悪戯っぽく笑ったが、嫌がったり、雪也の腕を解く事はしない。

自分もぎゅっと雪也の腕にしがみついて、後ろに体重を預けて体温を分け合ってくれた。

「ごめん。でも、境内に入ったら、こういう事はしちゃ駄目かと思って……」

「まぁ、それはそうかも。神社の中やし。それに……」

うちは、「巫女」やから。

美凪が微笑むと、短い階段の上の鳥居の向こう側から、誰かの気配がした。

雪也と美凪が顔を上げると、唐衣《からぎぬ》や表着《うわぎ》といった鮮やかな十二単を模した衣装に切袴《きりばかま》、頭には花と金具の冠を着けた、神としての装束を纏った女性が立っている。

背中から、七色の鳳凰の羽を生やしているその人は、烈風を倒して風戸神社の祭神に見事返り咲いた花鳥もとい、風取大明神だった。

「風取大明神様！」

雪也と美凪が同時に声を上げ、美凪が目に涙を浮かべて階段を駆け上がる。

鳥居をくぐると同時に、花鳥も動いて美凪を抱きしめ、

「花鳥でいいのよ。美凪はもちろん、瀧本さんも他の皆も、これからも。……本当によかった。美凪がまた笑顔で、ここに帰って来てくれた事が、私は何より嬉しい！」

ぽろぽろと花鳥の両目からこぼれたのは、雪也が初めて見る彼女の嬉し泣きだった。

「美凪。そして瀧本さん。本当にありがとう。あなた達がいなかったら、今の私はなかった」

「そんな……。うちらだって、花鳥さんに沢山助けられて……！　なぁ、雪也？」

「うん。――花鳥さん。今までずっと美凪を支えて下さり、烈風を倒して下さって、本当にありがとうございました。そのお陰で、俺と美凪は時を超えて、今を勝ち取れたのだと思います」

雪也が確かな瞳で頭を下げると、花鳥もまた頷いて、静かに頭を下げた。

烈風を滅し、再び風戸神社の祭神となった花鳥は本来の鳳凰の姿を正体として、時折、今のような人間の姿になって、風戸神社の宮司の役職に就くという。

「祭神で宮司というのは、何とも面白い話ですが……。私は、神としてはまだ力量が足りず、下級か、よくて中級の存在です。なので現在は、別の神様に師事しています。本殿の向こう側での修行は大変ですが……。少しずつ、立派な神となって風戸神社を守り立ててゆこうと思います」

美凪は引き続き、風戸神社の巫女として、そして花鳥の巫女として、社務所に住むという。

「入院中に、花鳥さんとそういう話になって……。うちはこの町が好きやし、誰かが神社と花鳥さんのお世話はせんと駄目やしね。それに、うちはこれからも、消防団を続けて皆と一緒に活動したい。祭神が風の神様で、巫女さんが消防団員って、やっぱり格好いいやろ?」

無邪気に尋ねる美凪の笑顔は、何とも愛らしかった。

雪也と同じくらい、花鳥も嬉しくて美凪の事が好きなのか、

「みな。今まで通り花鳥って呼んでって、言ったでしょ?」

と、わざと、以前の式神の時のような幼い声で言うと、美凪がくすっと笑って口に手を当てた。

「ほんまやったね。でも……。今まで通りって言うても、今の花鳥は年上にしか見えへんから……。ほんまのお姉さんみたいに、思ってもいい?」

美凪は昔からずっと、姉という存在に憧れて、姉という家族が欲しかったらしい。

可愛い望みを受けた花鳥の頬が、「くっ……」と嬉しそうに赤くなる。

「全然、大歓迎。私も美凪を本当の妹のように思うから、何でも頼ってね」

「ほんまに⁉ ありがとう!」

美凪が再び抱き着いて、花鳥もしっかり受け止めた。

その時、何故か花鳥が、雪也に茶化《ちゃか》すように勝ち誇った表情を向けたので、雪也も対抗意識を燃やして美凪をぐっと引き寄せる。

「わっ、雪也! ここ、神社の境内……」

「俺はまだ、ぎりぎり鳥居はくぐってない」

「でも、花鳥が目の前にいるやん！」

ところが、花鳥はくるっと雪也達に背を向けて、社務所の方へスタスタ歩いていく。

「お茶を飲んできますから、ごゆっくり」

雪也に向けた微笑みから、彼女なりの、気遣いだと分かった。

花鳥の姿が見えなくなった後、雪也はそっと、美凪の手を引いて鳥居の外に誘う。

「……お帰り、美凪。俺も、君が元気になって、ここに戻ってきてくれたのが、何よりも嬉しい」

呟いて頬を撫でた後はゆっくり、美凪に口付けした。

「美凪の事を、どうしようもないくらいに愛してる。これからはずっと、俺のそばにいてほしい」

真心いっぱいの愛を告げると、美凪の目が微かに見開かれて、花が咲いたような笑顔になる。

「うちも大好き！　うちもずっと、雪也と一緒に、ここで生きてく！　雪也と一緒に、町や皆を守る人になって、立派な『風の巫女』にして、『火消しの巫女』になる！」

雪也の体に両手を回して、胸に飛び込む。

そんな美凪を、何よりも大切に雪也が抱き締めると、空から温かい光が射して、社務所の方から心地よい風が来た。

＊

風戸神社に帰ってきてから、数日後。

私と花鳥は、宮司や巫女の正装で御所西一番隊の詰所を訪れて挨拶し、雪也をはじめ、隊員の皆様に、正式に救助活動のお礼を述べた。

花鳥が、風戸神社の祭神となった事については、京都中の神仏が認めてくれた。

私も、以前の通りに、販売員の仕事と巫女の仕事を掛け持ちしながら、消防団員の活動を続けている。

それを聞いた前田隊長が嬉しそうに頷き、

「これからも、我々消防局と、消防団や地域の方々の連携は、絶えず必要やと思います。火急の際はぜひ、よろしくお願いします」

と敬礼してくれたので、私と花鳥も二人揃って敬礼した。

その光景を、雪也はごまと一緒に、微笑んで見守ってくれた。

雪也が詰所の中を案内してくれようとした矢先に、邸内いっぱいに、警鐘の音が、かーん、かーんと響く。

――火霊火災指令。東山区。祇園下河原鷺谷町《しもかわらさぎやちょう》六。複数体出現。出陣八、一番隊、二番隊、三番隊……。


本部からの指令が入って、雪也や前田隊長は直ちに駆け出した。

「ごま！　いくぞ！」

「うみゅーんっ！」

他の隊員と共に、素早く消火装束に着替えて消防車に乗り込み、詰所の大門が開かれる。

留守を預かる隊員と、花鳥、そして、私だけが詰所に残って、雪也達を送り出した。

「雪也。――いってらっしゃい！　うちらはここで帰るのを待ってる。火が早く消えますようにって、祈ってる！」

「ありがとう。それを聞くと百人力だ」

サイレンを鳴らす朱い消防車が、詰所を飛び出して、烏丸通や今出川通を疾走する。

それを、私は往来まで出て、敬礼でずっと見送った。

少しでも早く、火が消えますようにと。

雪也や大切な人達が、皆無事で帰ってきて、明日も元気に生きられますようにと祈りながら。

優しい風に、自分の想いを乗せた。

この作品は、書き下ろしです。

〈著者紹介〉

天花寺さやか（てんげいじ・さやか）

京都市出身。小説投稿サイト「エブリスタ」で発表した「京都しんぶつ幻想記」を加筆・改題した『京都府警あやかし課の事件簿』（PHP文芸文庫）でデビュー、第7回京都本大賞を受賞。その他の著書に、「京都・春日小路家の光る君」シリーズ（文春文庫）、『京都丸太町の恋衣屋さん』（双葉文庫）などがある。

京都《きょうと》あやかし消防士《しょうぼうし》と災《わざわ》いの巫女《みこ》

2025年3月14日　第1刷発行　　定価はカバーに表示してあります

著者……………………天花寺《てんげいじ》さやか

©SayakaTengeiji 2025, Printed in Japan

発行者……………………篠木和久

発行所……………………株式会社 講談社

〒112-8001 東京都文京区音羽2-12-21

編集03-5395-3510

販売03-5395-5817

業務03-5395-3615

KODANSHA

本文データ制作……………講談社デジタル製作

印刷……………………株式会社ＫＰＳプロダクツ

製本……………………株式会社国宝社

カバー印刷……………………株式会社新藤慶昌堂

装丁フォーマット…………ムシカゴグラフィクス

本文フォーマット…………next door design

落丁本・乱丁本は購入書店名を明記のうえ、小社業務あてにお送りください。送料小社負担にてお取り替えいたします。なお、この本についてのお問い合わせは講談社文庫あてにお願いいたします。本書のコピー、スキャン、デジタル化等の無断複製は著作権法上での例外を除き禁じられています。本書を代行業者等の第三者に依頼してスキャンやデジタル化することはたとえ個人や家庭内の利用でも著作権法違反です。

ISBN978-4-06-538322-3　N.D.C.913　338p　15cm

講談社タイガ

白川紺子

海神《わだつみ》の娘

イラスト
丑山 雨

娘たちは海神《わだつみ》の託宣を受けた島々の領主の元へ嫁ぐ。彼女らを娶《めと》った島は海神の加護を受け、繁栄するという。今宵、蘭《らん》は、月明かりの中、花勒《かろく》の若き領主・啓《けい》の待つ島影へ近づいていく。蘭の父は先代の領主に処刑され、兄も母も自死していた。「海神の娘」として因縁の地に嫁いだ蘭と、やさしき啓の紡ぐ新しい幸せへの道。『後宮の烏』と同じ世界の、霄《しょう》から南へ海を隔てた島々の婚姻譚。

講談社タイガ

白川紺子

海神《わだつみ》の娘

黄金の花嫁と滅びの曲

イラスト
丑山 雨

世界の南のはずれ、蛇神の抜け殻から生まれた島々。領主は「海神《わだつみ》の娘」を娶《めと》り、加護を受けていた。沙来《しゃらい》の天才楽師・忌《き》は海から聞こえる音色に心奪われ、滅びの曲と知らずに奏でてしまう。隣国・沙文《しゃもん》と戦を重ねていた沙来は領主を失い、「海神の娘」累《るい》が産んだ男児は「敵国・沙文の次の領主となる」と託宣を受ける。自らの運命を知り、懸命に生きる若き領主と神の娘の婚姻譚。

講談社
タイガ

帝室宮殿の見習い女官シリーズ

小田菜摘

帝室宮殿の見習い女官
見合い回避で恋を知る!?

イラスト
青井 秋

「お母さんは、私の幸せなんて望んでいない」父を亡くし、編入した華族女学校を卒業した海棠妃奈子《かいとうひなこ》は、見合いを逃れる術《すべ》を探していた。無能な娘は母の勧める良縁——子供までいる三十も年上の中年男に嫁ぐしかないという。絶望した妃奈子は大叔母の「女官になってみたらどうや」という言葉に救われ、宮中女官採用試験を受ける。晴れて母から離れ、宮殿勤めの日々がはじまる。

講談社
タイガ

傷モノの花嫁シリーズ

友麻 碧

傷モノの花嫁

イラスト
榊 空也

猩猩《しょうじょう》に攫《さら》われ、額に妖印《よういん》を刻まれた菜々緒《ななお》。「猿臭い」と里中から蔑《さげす》まれ、本家の跡取りとの結婚は破談。死んだように日々を過ごす菜々緒は、皇國の鬼神と恐れられる紅椿《べにつばき》夜行《やこう》に窮地を救われる。夜行は菜々緒の高い霊力を見初めると、その場で妻にすると宣言した。里を出る決意をした菜々緒だが、夜行には代々受け継がれた忌まわしい秘密が——。傷だらけの二人の恋物語が始まる。

講談社タイガ

傷モノの花嫁

友麻 碧

傷モノの花嫁2

イラスト
榊 空也

「猿臭い」と虐げられる日々から、夜行に救い出された菜々緒。皇都で夫婦生活が始まり、愛されることを知り始めた菜々緒の耳に、夜行の元婚約者の噂が飛び込む。見目麗しく、世間も認める由緒正しき華族の令嬢。しかも、まだ夜行に想いを寄せているらしい。それに比べて自分は――傷モノは、夜行の妻にふさわしいのか。思い悩む菜々緒に、暗い影が忍び寄る。

講談社
タイガ

友麻 碧

水無月家の許嫁

十六歳の誕生日、本家の当主が迎えに来ました。

イラスト
花邑まい

水無月六花《みなづきりっか》は、最愛の父が死に際に残したひと言に生きる理由を見失う。だが十六歳の誕生日、本家当主と名乗る青年が現れると、〝許嫁《いいなずけ》〟の六花を迎えに来たと告げた。「僕はこんな、血の因縁《いんねん》でがんじがらめの婚姻であっても、恋はできると思っています」。彼の言葉に、六花はかすかな希望を見出す——。天女の末裔《まつえい》・水無月家。特殊な一族の宿命を背負い、二人は本当の恋を始める。

講談社
タイガ

友麻 碧

水無月家《みなづきけ》の許嫁《いいなずけ》2
輝夜姫《かぐやひめ》の恋煩《こいわずら》い

イラスト
花邑まい

水無月六花《みなづきりっか》が本家で暮らすようになって二ヵ月。初夏の風が吹く嵐山での穏やかな日々に心を癒《い》やしていく中で、六花は孤独から救い出してくれた許嫁《いいなずけ》の文也《ふみや》への恋心を募らせていた。だがある晩、文也の心は違うようだと気づいてしまい——。いずれ結婚する二人の、ままならない恋心。花嫁修行に幼馴染みの来訪、互いの両親の知られざる過去も明かされる中で、六花の身に危機が迫る。

講談社
タイガ

水無月家の許嫁シリーズ

友麻 碧

水無月家の許嫁3

天女降臨の地

イラスト

花邑まい

明らかになった水無月《みなづき》家の闇。百年に一度生まれる〝不老不死〟の神通力を持つ葉《よう》は、一族の掟で余呉湖の龍に贄子《にえこ》として喰われる運命にあるという。敵陣に攫われた六花《りっか》は無力感に苛まれるも、輝夜姫《かぐやひめ》なら龍との盟約を書き換えて葉を救えると知る。「私はもう大切な家族を失いたくない」嵐山で過ごした大切な日々を胸に決意を固めた六花は、ついに輝夜姫としての力を覚醒させる——！

講談社タイガ

桜井美奈

眼鏡屋 視鮮堂

優しい目の君に

イラスト
あいるむ

「私が、あなたの見える世界を美しくします」目の異変で大学野球部を辞めたばかりの岸谷奏多《きしたにかなた》は、オプトメトリストを名乗る「眼鏡屋視鮮堂《しせんどう》」店主・天宮玲央《あまみやれお》と、奇妙な同居生活を送ることに。居候《いそうろう》の条件は店と住居の掃除、ご近所さんの将棋相手、食費を入れることだけ。視鮮堂は毎週水曜の夜に一名限定の客を迎え、客にぴったりの眼鏡を作るという。そんなお店に、一人二人と客が訪れて——。

講談社
タイガ

探偵は御簾の中シリーズ

汀こるもの

探偵は御簾の中
検非違使と奥様の平安事件簿

イラスト
しきみ

恋に無縁のヘタレな若君・祐高《すけたか》と頭脳明晰《めいせき》な行き遅れ姫君・忍《しのぶ》。平安貴族の二人が選んだのはまさかの契約結婚!?　八年後、検非《けび》違使別当《いしのべっとう》（警察トップ）へと上り詰めた祐高。しかし周りからはイジられっぱなしで不甲斐《ふがい》ない。そこで忍は夫の株をあげるため、バラバラ殺人、密室殺人、宮中での鬼出没と、不可解な事件の謎に御簾《みす》の中から迫るのだが、夫婦の絆《きずな》を断ち切る思わぬ危機が!?

講談社
タイガ

小島環

唐国《からくに》の検屍乙女

イラスト
006

引きこもりだった17歳の紅花《こうか》は姉の代理で検屍に赴いた先で、とんでもなく口の悪い美少年、九曜《くよう》と出会う。頭脳明晰で、死体をひと目で他殺と見破った彼と共に事件を追うが、道中で出会った容姿端麗で秀才の高官・天佑《てんゆう》にも突然求婚され!? 危険を厭《いと》わない紅花を気に入った九曜、紅花の芯の強さを見出してくれる天佑。一方、事件の末に紅花は自身のトラウマと向き合うことに——。

講談社
タイガ

芹沢政信

天狗と狐、父になる

イラスト
伊東七つ生

「僕たち、結婚するべきじゃないかな」仇敵《きゅうてき》の霊狐《れいこ》が食後のリビングで告げる。天狗・黒舞戒《コクブカイ》はふかふかのソファからずり落ちた。

遡《さかのぼ》ること1年前。あやかしとして富と力を奪い続けてきた天狗は変わらない自分に飽き飽きしていた。600年の間に、人は山を拓きビルを立てたというのに——。一念発起し、ボロボロの社から山を下りた黒舞戒に待ち受ける試練は、宿敵と人間の赤子を育てること！

講談社
タイガ

《最新刊》

京都あやかし消防士と災いの巫女　天花寺さやか

邪神の許嫁として絶望の日々を送る凰美凪と霊力持ちのあやかし消防士・雪也との運命の出逢い。宿縁に結ばれた二人が災いの神に立ち向かう！

鬼皇の秘め若　芹沢政信

「お前に愛されたくて、俺は千年生きてきた」陰陽一族で虐げられた少女と出会ったのは、隠れ溺愛系の鬼皇子だった。美麗和風ファンタジー！

新情報続々更新中！

〈講談社タイガ HP〉
http://taiga.kodansha.co.jp
〈X〉
@kodansha_taiga